내
인생이
이렇게
예쁠
줄이야

내 인생이
이렇게 예쁠 줄이야

초판 1쇄 인쇄   2021년 3월 19일
초판 1쇄 발행   2021년 3월 26일

지은이   함숙희, 최지혜, 양상미, 정유진, 권세나, 김은아, 박혜정
펴낸이   한준희
펴낸곳   ㈜새로운 제안

책임편집   이도영
디자인   이지선
마케팅   문성빈, 김남권, 조용훈
영업지원   손옥희, 김진아

등록   2005년 12월 22일 제2020-000041호
주소   (14556) 경기도 부천시 조마루로 385번길 122 삼보테크노타워 2002호
전화   032-719-8041
팩스   032-719-8042
홈페이지   www.jean.co.kr
Email   webmaster@jean.co.kr

ISBN   978-89-5533-606-1 (03800)
        978-89-5533-607-8 (05040) 전자책

평범한 삶을 비범하게 바꾼
7인 파워블로거의 성장 에세이

내 인생이
이렇게 예쁠 줄이야

먼지처럼 작은 일이
얼마나 큰 일로 이어질지는
아무도 모른다

2018년 8월 1일, 우리는 한 블로그 모임을 통해 처음 만났습니다. 사는 곳도 나이도 직업도 모두 다른 우리가 '블로그'라는 연결 고리로 운명처럼 만나게 된 거였죠. 그 후로 2년이 넘는 시간 동안 우리는 서로를 응원하고 독려하며 각자의 위치에서 꾸준히 성장했습니다.

그리고 정확히 2년 후인 2020년 8월 1일, 평범했던 7명 모두 '파워블로거'가 되어 다시 얼굴을 맞대고 새로운 프로젝트를 기획했습니다. 그 결과물이 바로 이 책입니다.

어쩌다 시작한 블로그로 평생 인연을 만들고, 그것도 모자라 인생의 2막을 준비 중인 '블로거 7인'의 짠내 가득한 이야기를 한 권에 담았습니다.

누군가 농담처럼 던진 '책 쓰기 할까요?'라는 말이 이렇게 짧은 시간에 결실로 이어질지 아무도 몰랐습니다. 우리가 책을 쓸 거라고, 우리가 쓴 책이 세상에 나올 거라고 단 한 번도 상상해보지 않았거든요.

크고 작은 결핍이 우리의 자존감을 꺾었을 때, 미약한 저항처럼 시작했던 글쓰기가, 블로그가 어느새 우리의 삶까지 바꿔놓았습니다.

블로그를 시작한 뒤 우리에게 생긴 공통점이 있다면 자존감이 오르고 사람 부자가 됐다는 겁니다. 혼자 할 수 없는 일도 함께라면 가능해진다는 것도 깨달았죠. 아낌없이 주어도 아깝지 않은 인연들이 생겼고, 사람이 주는 힘이 우리의 삶을 얼마나 풍요롭게 만드는지 다른 사람들에게도 알려주고 싶었습니다.

우리의 평범한 삶을 들여다본 누구라도 한 줄 글쓰기를 통해, 블로그를 통해 평생 함께할 사람을 얻고 스스로 행복한 삶을 찾았으면 좋겠습니다.

저자 대표 정유진, **함숙희**

Contents ————

Contents ————

Contents

Contents ——————

함숙희입니다

블로그
https://blog.naver.com/hamoni0598

·

인스타그램
https://instagram.com/love.840910

뭐든 시작하면 끝을 보는 '근성' 하나로
블로그를 제2의 직장으로 만들었습니다.
하루 3시간만 일하며 디지털노마드의 삶을 누리는
열정부자 워킹맘입니다.

누구나 평범한 삶을 꿈꾸지만

평범함에 '용기'를 조금 더하면

비범해질 수 있는 게 삶이라고 생각하는 요즘입니다.

딸이라서 ————
미안합니다

제가 세상에 태어나서 처음 들었던 말은 '이왕 나올 거 아들로 나오지'였답니다. 물론 저는 기억나지 않아서 얼마나 다행인지 모릅니다. 하지만 자라면서 알았습니다. 제가 아들이 아니라는 게 우리 엄마를 얼마나 서럽게 했는지를. 저는 어쩌다 보니 태어나면서부터 할아버지께 실망을, 엄마에게 죄책감을 선물한 셈입니다.

저의 유년은 유독 혹독했습니다. 한 시간에 한 대씩 다니던 버스, 그마저도 못타는 날엔 먼 길을 걷고 걸어 집과 학교를 오가야 했습니다. 그런 곳에 살던 제가 다른 사람들에게 강의하며 살 줄 상상이나 했을까요?

안 낳으려다 낳았는데 딸이었네…. 이 말은 평생 제 이름표처럼 따라다녔습니다. 제가 자란 깊은 산골은 계절이 바뀌기 무섭게 꽃이 폈지만, 적어도 제 자존감엔 꽃필 일이 없었습니다. 식구들은 저를 '호강 속에 사는 공주님'이라고 불렀습니다. 안 낳으려다 낳은 딸이 살림 밑천이라도 될 줄 알았는데, 저는 살림 밑천은커녕 가지 말라는 대학도 아득바득 우겨서 갔습니다. 어떻게 온 기회인데, 그 소똥 밭을 탈출하려고 20년을 기다렸는데…. 그때가 아니면 영원히 벗어날 수 없을 것 같아 물불 안 가리고 도시로 나왔습니다.

눈물로 얻어낸 대학 생활은 또 다른 눈물의 시작이었습니다. '캠퍼스의 낭만'은 책이나 드라마에 나오는 대사일 뿐 저와는 거리가 먼 이야기였습니다. 학기 중엔 닥치는 대로 아르바이트를 하며 생활비를 벌었고, 방학이 되면 메뚜기처럼 짐을 싸서 여기저기 이사를 했습니다. 힘든 내색해봤자 핀잔이나 들을 게 뻔해 집에다 말도 못 하고 꾸역꾸역 버텼습니다.

지긋지긋한 시골만 벗어나면 장밋빛 인생이 기다릴 줄 알았는데, 현실은 내 앞가림하느라 하루도 편할 날이 없었습니다. 대학 1학년 때부터 졸업 후의 일을 걱정했습니다. 졸업하면 어디 가서 뭘 먹고 살지 미리 계획해야 했으니까요. 갓 스물을 넘겼을 때, 어쩌면 그보다 훨씬 전부터 '누구도 나를 걱정해주지 않으니 스스로 보살펴야 한다'는 것과 '돈은 배신하지 않는다'는 진리를 깨달았습니다.

대학 졸업 후 직장생활을 시작했지만 달라질 건 없었습니다. 학생에서 직장인으로 신분이 바뀌기가 무섭게 더 고된 노동이 저를 기다리고 있었습니다. 졸업하면 책상에 앉아 키보드나 두드리며 살 줄 알았는데 현실은 발바닥에 불나도록 뛰어다녀야 하는 단순노동자가 되었습니다.

하루에 13시간씩 일하며 집과 회사만 다람쥐 쳇바퀴 돌 듯 오갔습니다. 여행이나 취미 생활을 할 여력도 생각도 들지 않았습니다. 다른 곳에 눈을 돌리는 순간 저는 이 사회에서 살아남을 수 없을 것만 같았습니다. 날 배신하지 않을 건 돈밖에 없으니 점점 일에 매달렸고, 버는 족족 저축하는 낙으로 살았습니다. 그렇게 일중독자로 살다가 어느 날 정신을 차려보니 저의 20대가 홀랑 날아가 있었습니다.

그쯤 되자 몸에 문제가 안 생기는 게 이상했습니다. 2년간 생리가 끊겨도 팔다리를 움직이는 데 지장은 없어서 바보처럼 일만 하며 살았습니다. 나를 돌볼 유일한 사람은 나뿐인데, 큰 병이면 어쩌나 겁도 났고요. 그렇게 미루고 미루다 결국 찾아간 병원에서 불임이 될 수도 있다는 소리를 들었습니다.

처방이 걸작이었는데 '폐경이 되기 전에 빨리 아이를 낳는 것'이었습니다. 용하다는 한의원도 수소문해서 찾아갔더니 거기에선 '애 싫다는 남자 만나서 결혼하면 된다'고 했습니다. 제 팔자에 임신은 없다는 말로 해석됐습니다.

남아선호사상이 강한 할아버지 밑에서 고된 시집살이를 하는 엄마를 보고 자란 저에게 아들을 못 낳는 말도 어처구니가 없는데, 아예 아이를 못 낳는다는 말은 제가 아예 쓸모없는 인간이라는 걸 증명하는 거나 마찬가지였습니다.

제 꿈은 주말이면 아이들을 데리고 동네 공원을 산책하는 거였습니다. 정말 평범한 꿈이라고 생각했는데 그마저도 저에겐 욕심이었다는 생각에 억울해서 눈물만 났습니다. 이제 겨우 방세 걱정 없이 살만해졌는데, 20대 전부를 일만 하며 버틴 결과가 애 못 낳는 여자라니요.

2년간 호르몬제를 달고 살며 치료하면서도 마음이 조급했습니다. 친구들의 결혼식보다 친구 아이 돌잔치가 저를 더 아프게 했습니다 소개팅을 나가도 제 머릿속엔 온통 '내가 저 사람의 아이를 낳을 수 있을까?'라는 생각뿐이었습니다. '저 남자랑 결혼하면 아이를 가질 수 있을지'가 제가 남자를 고르는 기준이 되어갔습니다. 그렇게 저의 조급함은 점점 더 저를 지치게 했습니다.

당장 아무나 붙잡고 결혼할 수도 없는 노릇이고, 결혼하더라도 그토록 원하는 아이가 생길 거란 보장은 없다는 걸 받아들이자 마음이 개미오줌만큼 가벼워지는 것 같았습니다. 10년째 종교처럼 믿고 있는 확언에 의지하며 '나를 있는 그대로 이해하고, 사랑해줄 남자를 만나게 해달라고' 제 마음을 조금씩 내려놓기 시작했습니다.

그러다가 지금의 남편을 만났습니다. 처음 만난 자리에서 입이 닳도록 조카 자랑을 하는 사람에게 '애 없이도 살 수 있냐'는 질문을 차마 할 수 없었어요. 그렇다고 찝찝한 마음을 내내 숨기고 연애를 이어갈 자신도 없어서 어느 날 용기를 내서 말했습니다. '예전에 좀 아파서 아이가 안 생길 수도 있다고.'

마음이 더 깊어지기 전에 정리하는 게 낫다고 생각해서였는데, 남편의 대답이 가관이었습니다.

"전 서른일곱 전에 결혼할 생각 없는데요?"

남편이 서른일곱이 되려면 최소 5년은 있어야 했는데, 그럼 난 어쩌란 말인가. 머릿속이 복잡했습니다. 그렇게 우리는 서로 다른 생각을 하며 연애를 시작했습니다.

꽃길이 시작된 줄
알았습니다만 —————

 그리고 얼마 뒤 기적처럼 아이가 생겼습니다. 임신을 확인하던 순간 광안리 앞바다에서 춤이라도 추고 싶었어요. 혼전임신이 흠이라는 건 남들에게나 해당되는 말일뿐, 저에겐 세상 무엇과도 바꿀 수 없는 축복이었습니다. 그렇게 남편과 만난 지 3개월 만에 결혼했습니다.

 한 층에 일곱 가구가 사는, 지은 지 20년 된 복도식 아파트를 겨우 구해 들어갔습니다. 결혼만 하면 꽃길이 펼쳐질 줄 알았는데 결혼 전 혼자서 원룸에 살 때보다 더 궁핍해진 느낌이었습니다. 그래도 열심히 살다 보면 또 한 번 기적이 올지도 모른다고 생각했습니다.
 집안보다 바깥이 더 시원했던 아파트에서 에어컨 한 대 없이 만삭을 나고 한여름에 출산했습니다. 제가 덥고 힘든 건 어떻게든 견딜 수 있었는데, 아이가 울면 더워서 그런가? 별별 생각이 들어 걱정이 앞섰습니다. 나를 믿고 와준 아이인데 울면서 살게 하고 싶지 않았습니다.
 산후조리도 집에서 혼자 하고 친정, 시댁 도움 없는 '나홀로 육아'가 시작됐습니다. 나홀로 육아는 혼자서 객지 생활을 하던 때보다 더 초라했습니다. 3개월의 출산 휴가가 끝나자마자 갓난아기를 생판 모르는 사람

손에 맡기고 직장으로 복귀했습니다. 커리어? 승진? 그런 건 먼 나라 이야기였고, 제가 그토록 억척을 떨었던 이유는 하나였습니다. 우리 아들에게 내 가난과 고단함을 물려주고 싶지 않았습니다.

하지만 아무리 일을 해도 늘 제자리인 것 같았습니다. 큰돈 안들이고 아기를 키웠다고 자부하지만, 없던 지출이 생기니 어느 정도 타격이 있는 건 당연했습니다. 남편과 제 월급을 꼬박꼬박 모아도 도무지 나아질 기미가 안 보였습니다.

아이가 예쁜 짓을 할수록 좋은 엄마, 능력 있는 엄마가 되어 아이를 행복하게 만들어주고 싶었어요. 하지만 현실은 아침에 나가 저녁에야 돌아오는 엄마, 직장에선 눈칫밥이나 먹으며 버티는 워킹맘이었습니다.

도대체 어떻게 살아야 할까…. 결혼 후 아이만 낳으면 내 인생은 우아한 해피엔딩일 거라 생각했는데. 아이를 낳자 열 배는 어려워진 문제가 저를 기다리고 있었습니다.

뭔지는 모르겠지만

일단 시작했다.

──────── 블로그

병원과 한의원에서 들었던 말을 비웃기라도 하듯 둘째가 태어났고, 기쁨의 크기만큼 생활은 더 빠듯해졌습니다. 남편과 저는 여전히 열심히 일했지만, 형편은 크게 나아지지 않았습니다. 저는 출퇴근하는 지하철 안에서 돈을 더 벌 방법만 궁리했습니다. 이제라도 다른 기술을 배워야 하나, 시간을 쪼개 부업이라도 해야 하나…. 내 아이들이 나처럼 개고생하며 살게 될까 봐, 부자가 될 수 있는 방법만 머리 터지게 고민했습니다.

둘째를 낳고 다시 복귀한 직장에서 저는 어느새 '목메달'이 되어있었습니다. 직장에 나가면 친한 동료들은 손으로 목을 치는 시늉을 하며 "우리 목메달 왔어?"라고 놀리느라 바빴습니다. 농담을 농담으로 받을 수가 없었습니다. 아들 둘 낳은 게 죄가 되지 않으려면 내 몸을 갈아서라도 잘 살아야 했습니다.

그러다가 <블로그 수강생 모집> 글을 보게 됐습니다. 아이들 키우며 살림하며 직장까지 다니는 제가 이걸 할 수 있을까? 보다 '10만 원'이라는 수강료가 더 큰 고민이었습니다. 누군가에게는 한 끼 외식비 정도일지 모르겠지만 저에겐 보름치 식비였으니까요.

도시락을 싸서 회사에 다니고, 교통비며 통신비며 더는 줄일 것도 없던 상황에서 제게 10만 원은 정말 큰돈이었습니다. 아이 둘을 낳고도 10만 원에 벌벌 떠는 현실이 너무 초라했습니다. 강의를 듣는다고 돈을 벌 거란 보장도 없었고요.

그렇다고 달리 뾰족한 수도 없어서 저는 며칠을 고민한 끝에 수강 신청을 했습니다.

강의가 시작되고 저와 여정을 함께 할 조원들을 만났습니다. 초등학교 교사, 약대생, 해외를 밥 먹듯 드나드는 커리어우먼, 공인중개사, 사업가 등. 후덜덜한 스펙에 주눅 든 마음을 감추려고 애써 담담한 척했지만 사실 담담하지 않았습니다. 저도 누구보다 열심히 살아왔지만, 현실은 목메달, 돈 10만 원에 벌벌 떠는 워킹맘이었으니까요. 현실이 저를 자꾸 작아지게 만들었습니다.

그러다가 차라리 합리화하는 게 낫겠다 싶어 마음을 고쳐먹었습니다. 저렇게 똑똑하고 가진 거 많은 사람들도 이걸 하는 데는 다 이유가 있겠지, 뭐 하나는 배워 가겠다라는 생각이 들자 마음이 편해졌습니다. 잘 되면 좋은 거고, 안 되면 그들에게 은근슬쩍 묻어가자는 게 제 계획이었습니다. 그렇게 블로그가 뭔지도 모른 채 블로그를 시작했습니다.

1일 1포스팅이라는 무시무시한 과제가 주어졌고, 저는 수강료 10만 원이 아까워서라도 악착같이 과제를 했습니다. 개인 시간이라고는 출퇴근할 때 지하철에서 보내는 시간이 유일해서, 그 시간에 무슨 글을 쓸지 고민했다가 회사에 도착하면 컴퓨터에 옮겨 적었습니다. 일하는 틈틈이 고칠 내용을 생각해뒀다가 점심시간이 되면 블로그로 출근했습니다.

회사와 집만 오가던 저였으니 글 쓸 만한 주제가 없는 건 당연했습니다. 이런저런 얘기를 써보다가도 경험하지 않은 걸 쓰려니 얼마 안 가 말문이 막혔습니다. 썼다 지우기를 반복하다가 그나마 돈 안 들이고 쉽게 할 수 있는 도서 리뷰를 선택했습니다.

하루는 회사 근처 도서관에서 리뷰에 쓸 책을 빌려오다가 점심 식사를 마치고 돌아오던 동료들과 마주쳤습니다. '점심도 안 먹고 책 빌리러 갔다 오냐?'는 상사의 말이 '별짓을 다 한다'라는 소리로 들려 들고 있던 책을 슬그머니 감췄습니다. 이러고 살아야 하는 제 현실이 안타까웠습니다.

집에는 컴퓨터도 없고, 인터넷도 안 돼서 회사 점심시간을 이용했던 게, 어느 순간부터 점심시간은 저만의 휴식 시간이 되었습니다. 끼니도 거른 채 글 쓰는 일에 몰입하다 보면 나만의 세계가 펼쳐지는 기분이었습니다. 그 시간만큼은 아이들 걱정도, 집안 걱정도 잠시 잊을 수 있었습니다.

회사에선 연달아 출산휴가를 내고 꿋꿋하게 돌아온 민폐 캐릭터여서 눈치가 보였고, 집에 가면 일하는 엄마다 보니 동네에 아는 엄마들도 없었습니다. 아이를 데리고 놀이터에 나가도 삼삼오오 모여 있는 엄마들 틈에 끼지 못하고 저만 늘 겉돌았습니다. 열심히 살았지만 어디서도 환영받지 못하는 신세였습니다.

그렇게 갈 곳 없이 겉돌 때마다 블로그로 숨어들어 제 감정과 생각을 쏟아냈습니다. 무료 와이파이를 쓸 수 있는 지하철에서, 남의 집 앞에서, 상가 커피숍 앞 구석에서, 회사에서 묵묵히 글을 썼습니다. 와이파이가 안 되면 휴대폰 메모장에 적어두었다가 블로그에 옮겨 적었고, 마땅히 쓸 만한 게 없으면 회사 점심시간에 일부러 장을 보고, 장 본 이야기라도 적었습니다. 밥에 계란후라이만 덩그러니 올라간 도시락 사진을 올리기도 했습니다. 글을 쓰기 위해 하루에 몇 쪽씩이라도 책을 읽는 등 새로운 습관이 생기기 시작했습니다.

사실 그때까지도 블로그를 시작한 의도는 중요하지 않았습니다. 뭐라도 안 하면 안 되니까, 백날 직장만 다녀서는 답이 없으니 시작한 거였습니다. 인형 눈을 달고, 구슬 꿰는 일에서 열정을 찾고 의미를 부여하지 않듯, 제게 블로그는 '제2의 생존수단' 이상도 이하도 아니었습니다.

말보다 강력한

———— 글

어설픈 글이라도 올리면 가뭄에 콩 나듯 댓글이 달리기 시작했습니다. 안부 인사, 힘내라는 응원, 대단하다는 칭찬, 도움이 됐다는 진심. 저도 생각 못 한 팁들이 담긴 글을 읽으면 제가 뭐라도 된 것 같은 기분이었습니다. 이름도, 얼굴도 모르는 사람들이 해주는 응원과 인정이 좋아서 더 열심히 글을 쓰기 시작했습니다. 블로그에 단단히 미친 여자가 되어갔습니다.

집에 컴퓨터가 없어서 글 한번 쓰려면 아이들을 재우고 동네 PC방을 전전했는데 더는 안 되겠다 싶었습니다. 한 달 16,000원을 아끼려고 미뤄뒀던 인터넷까지 연결하고, 남편이 쓰던 고물 노트북을 꺼냈습니다.

한번은 모델하우스 기자단을 하느라 이곳저곳을 쫓아 다녔던 적이 있었습니다. 기자단이 뭔지도 모른 채 갔던 첫날, 처음 보는 사람 두 명이 대포처럼 생긴 카메라를 들고 저에게 오더니 '이런 곳에 올 땐 카메라를 가져오는 게 예의'라고 했습니다. 그렇게 좋은 카메라가 저한테 있을 리도 없고, 리뷰를 위해 장만할 생각은 더더욱 없어서 저는 그냥 예의 없는 사람이 되기로 했습니다.

보급형 핸드폰을 들고 모델하우스를 누비며 당당히 사진을 찍었습니다. 허름한 핸드폰 카메라로 '삐까뻔쩍'한 모델하우스를 담아내지 못해서 조금 미안한 마음은 들었습니다.

그날 저녁 대포카메라는 없지만, 글만큼은 내 집 마련을 꿈꾸는 사람들에게 도움이 되게끔 써보자고 생각했습니다. 화질이 엉망인 사진들을 차곡차곡 정리하고 모델하우스 정보를 정성껏 포스팅했습니다. 그러다 보니 글이 길어져 2편으로 나누었는데 예상외로 반응이 뜨거웠고, 그 글은 2년 동안 인터넷 첫 페이지를 장식하고 있습니다.

사진 해상도를 흠잡는 사람은 없었습니다. 사람들은 사진보다 글을 읽었고, 심지어 제 블로그를 구독하던 남편의 지인은 제가 쓴 정보를 보고 내 집 마련에 성공하기도 했습니다.

누군가 나를 인정해준다는 사실에 묘한 희열을 느꼈습니다. 일밖에 모르던 워킹맘이 주체할 수 없는 열정을 뿜어내며 숨 쉬는 삶을 살기 시작했습니다. 시간이 없으면 새벽에라도 일어나서 하루 한 편씩 글을 썼고, 하다 하다 아무것도 없는 감자밭을 찍어서 올리기도 했습니다.

그런 제 열정과 달리 글감은 늘 부족했습니다. 경험이라고는 평생 일한 것밖에 없어서 무슨 얘길 더 써야 할지 고민스러웠습니다. 매일 새로운 소재를 찾아봤지만 딱히 떠오르는 것도 없어서 제 가계부나 올리며 1일 1포스팅을 이어갔습니다

못난이 호박 500원, 두부 500원, 계란 한 판 2,900원… 과일은 몇 시에 가면 싸게 살 수 있고, 고기는 어느 가게가 신선한지 등 저만의 장보기 팁을 공개하자 거짓말처럼 이웃 수가 늘어났습니다. '짠내나고 찌질한' 제 가계부를 사람들이 신기해하고 궁금해하자 조금 얼떨떨했습니다.

없는 것투성이인 우리 집. 침대도 없고 소파도 없고, 아이들 장난감도 없는 집. 또래 아이를 키우는 친구 집에 다녀오기라도 하면 온종일 헛헛했던 마음고생이 단숨에 치유되는 것 같았습니다. 수입의 50% 이상을 저축하다 보니 아이들에게 변변한 장난감 하나 사주지 못했습니다. 저희 집엔 없고 친구 집엔 넘치는 장난감을 환장하며 가지고 노는 아이들 모습이 늘 마음 아팠습니다. 그런 아이들을 볼 때마다 내가 제대로 살고 있는 건지 흔들릴 때가 많았는데, 제 선택이 잘못된 게 아님을 확신했습니다.

가까운 사람들은 제게 없는 것만 지적하며 궁상떨지 말라고 핀잔만 줬습니다. 그런 말을 들을 때마다 세상에 내 편 하나 없는 것 같아 자존감이 바닥을 쳤습니다. 그런데 얼굴 한번 본 적 없는 사람들은 우리 집에 침대가 있든 없든, 건조기가 있든 없든 관심이 없었습니다. 오히려 찌질하다고 생각했던 것에 관심을 가지며 저를 칭찬했습니다.

사람들은 잘 포장한 글보다 현실적이고 솔직한 글에 반응한다고 확신했습니다. 그래서 이번엔 아예 돈 모으는 이야기를 대놓고 써봤습니다. 그 당시 제 목표가 3년 안에 1억 모으기였는데, 이 내용을 대놓고 공개했습니다. 남편과 제 월급을 합쳐봐야 월 500만 원이었는데, 덜컥 글을 써놓고 괜한 짓을 했나 싶어서 잠깐 후회도 됐습니다. 하지만 이미 뱉은 말을 주워 담을 수도 없어서 이걸 어떻게든 성공시켜야겠다는 생각뿐이었습니다(그리고 저는 실제로 이 목표를 이루었습니다). 응원의 글이 쏟아졌고, 각자의 팁을 공유하며 같은 목표를 향해 달리는 사람들도 생겼습니다. 노하우를 알려달라는 사람들이 생겼습니다.

절약하는 데에는 이미 도가 텄다고 생각했는데 가끔 한 번씩 '무엇을 위해 이러고 살아야 하나?' 싶을 때도 있었어요. 3년을 4년으로 은근슬쩍 늘려볼까, 남편이 계획에 없던 이직을 했다고 핑계댈까⋯ 온갖 꼼수를 부리고 싶었지만, 이웃들의 격려 때문에 그럴 수 없었습니다.

돈을 벌기 위해 시작한 블로그였지만, 블로그로 돈을 벌기는커녕 더 처참한 생활을 하던 시기였습니다. 하지만 태어나서 처음으로 돈보다 소중한 무언가를 얻은 기분이었습니다.

블로그로 변한 ——— 내 인생

　1억 모으기를 선언한 후 마른걸레를 쥐어짜는 심정으로 3년을 살았습니다. 아이들 옷과 장난감은 전부 남편 회사 사람들에게 물려받았습니다. 하루는 양산에 사는 분이 어린이용 미끄럼틀을 물려 준 적이 있었습니다. 저희가 타던 작은 차에 실을 수 없는 크기여서 결국 남편은 미끄럼틀을 들고 양산에서 부산까지 오는 지하철을 탔습니다.

　미끄럼틀을 들고 집에 온 남편 모습은 그야말로 '처참'했습니다. 우선 어마어마한 크기의 미끄럼틀을 보고 이걸 어떻게 들고 왔지? 라는 의문이 들었습니다. 그다음엔 '남편에게 저런 색 와이셔츠가 있었나?'라는 생각을 했어요. 한여름에 땀을 줄줄 흘려 아침에 입고 나간 하늘색 셔츠가 진청색으로 변해있었습니다. 지금도 그날 미끄럼틀을 들고 오던 남편을 떠올리면 눈물이 납니다.

　없이 살아온 두 사람이 만나 아등바등하는 게 너무 속상했지만 아이들에게 가난을 물려주지 않으려면 아끼고 또 아끼는 방법밖에는 없다고 생각했습니다.

　급기야 남편과 아이들 이발비까지 아껴보겠다고 옆집에 사는 엄마에게 바리캉을 빌려서 셀프 이발도 해주었습니다. 그 덕에 한동안 아이들

머리는 늘 '빡빡이'였죠. 궁상과 알뜰을 넘나들며 열심히도 살았는데 어느 날 퇴근하고 집에 온 남편이 결국 볼멘소리를 했습니다.

"야! 너 때문에 쪽팔려서 회사를 못 가겠다."

집에서 이발해주는 얘기, 반찬 두어 가지로 네 식구가 일주일을 사는 얘기, 별거 없는 도시락 반찬 얘기, 무료 수영장에서 놀고 온 얘기…. 저에겐 삶이자 일상이어서 아무렇지도 않게 여긴 것들이 남들 눈엔 일상적이지 않았던 모양입니다.

친정 식구들이 집에 와서 이것도 없고 저것도 없고, 없는 것만 지적해도 괜찮았습니다. 없는 걸 있는 척한다고 있는 사람이 되는 것도 아니고, 무엇보다 없는 걸 없다고 하는 게 죄는 아니니까요.

하지만 남편이 밖에서 자존심을 다쳐 오자 많은 생각이 들었습니다. 그동안 싫은 소리 한번 안 하던 남편이 오죽했으면 저런 소리를 할까…. 내 욕심에 남편과 아이들에게 괜한 상처를 주는 건 아닌지 의문이 들었습니다. 남편과 아이들 얼굴까지 만천하에 공개하는 게 옳은 일인지 고민됐습니다. 나야 내 삶에 당당하지만, 남편과 아이들은 생각이 다를 수도 있으니까요.

그런데 아무리 생각해도 좋은 것만 드러내고 궁색한 건 감추는 게 더 못 할 짓이라고 생각했습니다. 제가 연예인도 아니고 남편과 아이 또한 제 삶의 일부인데 떳떳하지 못할 이유가 없다는 결론이었죠.

'노오력'하면 안 되는 게 없다는 걸 경험한 저는 절약도 직장생활도 열심히 했습니다, 열심히 밖에는 할 게 없었거든요.

불가능해 보였던 1억 모으기 성공은 제 삶에 엄청난 변화를 가져왔습니다. 3년이라는 시간 동안 마른걸레 쥐어짜는 심정으로 직장 다니며 절약했던 결과, 가장 크게 달라진 건 제 삶을 사랑하게 된 것과 주변 환경이 달라진 것이었습니다. 타인에 대한 불신으로 똘똘 뭉쳐있던 제가 '붙임성 좋다'는 소리를 듣게 될 줄 꿈에도 몰랐습니다. 열심히 산다는 말이 잘 산다는 말로 들렸거든요.

예전엔 제 주위에 어떻게든 저를 깎아내리려는 사람만 득실댔습니다. 딸인 게 죄였고, 워킹맘을 결정했을 때도 응원해주는 사람 하나 없었고, 애들이 불쌍하다, 남편은 무슨 죄냐, 왜 그리 억척을 떨며 사냐는 등의 날 선 말들도 가까운 지인들에게서 들었습니다. 저를 위해주는 척하며 비꼬는 말을, 농담인 듯 던지는 비수를 그대로 맞으며 타인에 대한 불신만 키웠던 겁니다.

블로그를 시작할 때, 처음엔 쓸 말이 없어서 도서 리뷰를 적었더니 책에 관심 있는 사람들이 모였습니다. 워킹맘 이야기를 쓰자 일하는 엄마들이 모였고, 1억 모으기를 시작하자 재테크에 관심 있는 사람들이 모였습니다. 제가 리뷰를 썼던 책의 작가와 이웃이 되고, 다양한 세상을 살고 있는 사람들이 비슷한 관심사를 찾아 제 블로그로 모였습니다.

술 좋아하는 사람은 술을 좋아하는 사람과 어울리고, 쇼핑을 좋아하는 사람은 쇼핑을 좋아하는 사람과 어울리게 되는 것처럼, 내가 무엇에 관심 갖느냐에 따라 주변 사람과 환경이 결정됩니다.

예전엔 '끼리끼리 논다'라는 말이 참 싫었는데 제 주위에 좋은 영향을 주는 사람들이 많아지니 이보다 더 좋은 말도 없는 것 같습니다. 내 삶을 바꾸고 싶다면 주위를 돌아보면 됩니다. 가고 싶은 방향으로 걷다 보면 자연스럽게 사람이 모입니다.

목메달리스트에서 ────── 금메달리스트로

아이가 둘이 되니 제가 버는 돈보다 이모님 월급으로 나가는 돈이 더 많아졌습니다. 밑 빠진 독에 물 붓기가 시작됐죠. 그래도 아이가 평생 동안 아이로 머물러있진 않을 테니 최대한 버텨볼 생각이었습니다. 그렇게 버티고 버텼던 직장도 코로나를 당해낼 재간이 없었고, 결국 반강제로 육아휴직(휴직이라 쓰고 퇴사라 읽습니다)을 결정했습니다. 동료들이 농담처럼 말했던 '목메달리스트'가 현실이 되는 순간이었습니다.

평생 일만 하던 사람이 집에 있으려니 마음이 지옥이었습니다. 커가는 아이들을 제 손으로 돌보는 건 큰 행복이었지만, 아이들이 크는 만큼 늘어나는 지출도 무시할 수 없었습니다. 퇴사를 결정할 때 앞으로 재취업은 힘들 거라는 걸 각오했기 때문에 제가 홀로 설 방법을 찾아야 했어요.

방법도 모르겠고, 할 줄 아는 것도 없어서 더 파고든 게 블로그였습니다. 그마저도 회사에선 컴퓨터로 글을 쓸 수 있었는데, 퇴사하고 나서는 집에 컴퓨터가 없어서 너무 불편했습니다. 전원 버튼을 누르면 한참 후에야 화면이 켜지던 남편의 고물 노트북으로 글을 쓰는 것도 한계가 있었죠.

집 근처 가전매장에 들러 진열된 노트북을 만지작대다가 집으로 돌아오기를 여러 날. 보다 못한 남편이 용돈을 털어 5년 치 생일선물을 미리 주는 거라며 노트북을 한 대 선물해줬습니다.

그렇게 얻은 노트북으로 머리털 나고 처음으로 PPT를 만들어 저만의 강연도 열어봤습니다. 하필 첫 강연 모집 때 국내 명문대 대학원까지 나온 분이 수강 신청을 하는 바람에 지금이라도 관둬야 하나 많이 망설였습니다. 지방 전문대를 겨우 졸업한 제가 '이대 나온 여자' 앞에서 강의를 한다는 게 너무 부담스러웠거든요.

긴장한 티를 내지 않으려면 연습 말고는 답이 없다고 생각했습니다. '내가 언제부터 편한 밥 먹었다고…' 스스로 되뇌며 새벽 3시든, 5시든 일어나서 연습했습니다. 그렇게 시작한 강의도 인기를 얻어 벌써 7회 차에 접어듭니다.

누구나 평범한 삶을 꿈꾸지만 평범함에 '용기'를 조금 더하면 비범해질 수 있는 게 삶이라고 생각하는 요즘입니다. 저에겐 그 '용기'가 블로그였습니다. 제가 어떻게 살아야 할지 의문이 들 때, 고만고만한 옆집 엄마에게 고민을 털어놓기보다 블로그에 일기를 한 줄씩 쓰기 시작했습니다. 그렇게 글 한 줄 쓰는 용기를 냈더니 제게 이런 일이 벌어졌습니다.

글 쓰는 일이라는 게 시간도 많고 똑똑한 사람들만 하는 건 줄 알았고, 여행도 많이 다니고, 정보도 있어야 잘 쓸 수 있는 건 줄 알았습니다. 하지만 저를 통해 그게 아니라는 걸 깨달았습니다.

아무도 위로라곤 건네준 적이 없는 나에게 토닥토닥 키보드 소리는 '괜찮다, 괜찮다'라는 위로처럼 들렸고, 하트 모양의 공감 수는 '잘한다, 잘한다'는 칭찬처럼 들렸습니다. 목메달리스트가 금메달리스트가 되는 순간이었습니다. 한편의 글을 블로그에 올리고 댓글을 읽다 보면 그 희열감에 한동안 취해 있었고, 좋은 일이 있으면 좋아서 글을 쓰고, 힘든 일이 있으면 힘들어서 썼습니다.

저는 제 삶에 늘 의문을 가졌던 사람입니다. 열심히는 살지만 이게 최선인지, 어떻게 사는 게 잘사는 건지 늘 궁금했어요. 이제야 그 해답을 어렴풋이 찾은 것 같기도 합니다. 삶을 좀 더 의미 있게 바꾸고 싶다면, 소중한 삶에 행복이라는 활력을 불어넣고 싶다면 지금 당장 한 줄이라도 글을 써보셨으면 합니다.

함숙희 ────────

On&Off

엄마

직장에서 퇴사하니 함숙희라는 이름은 사라지고 엄마만 남았습니다. 더는 고용불안에 시달릴 일도 없고, 아이 맡길 곳이 없으면 불붙은 망아지처럼 이리 뛰고 저리 뛰어야 할 일도 없어졌습니다. 아이들이나 건강히 키우며 속 편히 살 생각에 처음엔 기뻤어요. 16년간 몸도 마음도 지쳐있던 터라 오랜만에 찾아온 휴식(?)이 반갑기도 했습니다.

하지만 직장을 다니나 안 다니나 새벽에 일어나 일을 하는 건 똑같았습니다. 회사에서 집으로 장소가 바뀌고, 회사 업무에서 글쓰기로 또는 강의 준비로 일의 내용이 바뀌었을 뿐, 주어지는 일이 있으면 모두 하고 싶어 하는 워킹맘의 모습은 여전했어요.

여태껏 16년을 쉬지 않고 일하면서 제 인생이 참 '기구하다'고만 생각했습니다. 딸로 태어난 자체가 서러웠고, 낡다 못해 다 터진 신발을 신고 학교에 다니는 것도 부끄러웠습니다. 사회에 나와서도 돈 쓰는 재미 한 번 못 누리고 다음 달 생활비 걱정부터 하던 시절. 그토록 원하던 아이를 낳고도 회사에서 잘릴까 봐 출산휴가 기간 내내 전전긍긍하던 순간.

초라함의 극치를 달리던 저를 버리고 싶은 날들이었습니다. 왜 나는 쓸모없는 인간으로 태어났는지, 왜 내가 하는 일마다 이 모양인지, 원망할 대상조차 없어서 제가 뱉어낸 화를 제가 다시 삼켜야 했던 시간이 있었어요.

그런데 막상 퇴사하고 보니 저는 제 회사와 일을 많이 사랑하고 있었다는 걸 깨달았습니다. 에어컨 나오던 깨끗한 회사 화장실도 자랑스러웠고, 회사 근처의 시장이며, 목메달이라 놀리던 동료들까지 애정하고 있었어요. 저는 제가 어쩔 수 없이 일하며 암울한 과거에서 벗어나지 못하는 인간인 줄 알았는데 그게 아니라는 것을 퇴사 후에야 깨닫게 된 거죠.

확실한 건, 제가 처음부터 이렇게 긍정적인 사람은 아니었다는 거예요. 어쩌다 시작한 블로그가, 한줄 글쓰기가, 사람들의 응원이 저도 모르는 사이에 저를 바꿔놓았던 겁니다. 누군가의 '공감'이 한 사람의 인생을 바꿀 만큼 큰 힘을 가졌다는 걸 좀 더 빨리 알았더라면 좋았겠다고 생각하는 요즘입니다.

누군가 제 삶을 공감해주고, 저도 있는 그대로의 저를 받아들이자 제가 살아온 과거도 달리 보이기 시작합니다. 딸이라서 겪었던 서러움도, 다 터진 운동화를 신고 산길을 걸었던 순간도 더는 '지지리 궁상'으로 기억되지 않아요. 산골짜기에서 사계절 바뀌는 꽃을 따라 '진짜 꽃길을 걸었던' 그리운 시절만 있을 뿐이죠.

여전히 저는 '자발적 생계형 워킹맘'입니다. 회사만 안 나갈 뿐, 제 공간(집)에서 아이들을 돌보며 저만의 일을 쉼 없이 하고 있어요. 이제는 이런 제 삶이 만족스럽고 스스로 대견하다는 생각도 듭니다. 예전의 저였다면 상상도 못할 일이었죠.

내가 행복해지는 방법은 의외로 간단합니다. 스스로 인정하고 받아들이고 현실에 만족하면 누구나 행복해질 수 있을 거라고 확신하는 요즘입니다.

10년 동안 하루도 빠짐없이 해왔던 확언과 감사일기, 하루도 쉰 적 없는 블로그에 글쓰기, 뭐든 시작하면 꾸준히 하는 그 힘 하나로 블로그를 제2의 직장으로 만들었습니다.

아이들이 잠든 새벽 3시든 5시든 일어나 함숙희라는 이름으로 블로그에 출근을 하고, 아이들이 일어나면 엄마라는 이름으로 아이들을 가정보육하고 있습니다. 엄마라는 이름도 함숙희라는 이름도 어느 것 하나 포기하고 싶지 않습니다.

블로그로, 반짝반짝 빛나는 진짜 내 인생이 시작되었습니다.

02

최
지
혜
입
니
다

블로그
https://blog.naver.com/remon0222

·

인스타그램
https://instagram.com/stylebrandinglab

외면과 내면의 균형을 통해
단단한 스타일브랜드를 만드는
스타일컨설턴트입니다.

세상에 반짝이고 아름다운 것들은 많지만
'나'는 단 하나뿐인 귀한 존재입니다.

예쁘지 않으면 ─────
꿈을 이룰 수 없어

어릴 때부터 제 꿈은 승무원이었습니다. TV에서 본 승무원의 모습에 반해 비행기 한번 못 타본 11살짜리 소녀는 학창시절 내내 승무원이 되어 전 세계를 누비는 꿈을 꾸었습니다.

그리고 대학 진학을 위해 관련학과 면접에 가서야 알게 되었습니다.

'아! 내가 많이 뚱뚱하구나.'

세상에 늘씬하고 예쁜 친구들이 그렇게 많다는 걸 그때 처음 깨달았습니다. 마치 하늘하늘 코스모스들 사이에 우뚝 선 고목이 된 기분이었습니다. 당장 도망치고 싶었지만, 마무리는 하자는 마음에 쟀던 신체사이즈.

키와 몸무게를 재던 분의 표정을 지금도 잊을 수가 없습니다. 결국 탈락.

오랜 시간 동안 간직해온 꿈을 외모 때문에 이룰 수 없다는 절망감은 상상 이상으로 저를 힘들게 했습니다.

성적이나 인성의 문제가 아닌 외모가 예쁘지 않고 날씬하지 않아서 도전해볼 기회조차 없다는 현실이 왠지 억울하고 스스로가 너무 미워서 견딜 수가 없었습니다.

두려움 없이 도전했던 꿈이 실패로 돌아가자 저는 매사에 자신감이 없어졌습니다. 처음으로 맛본 패배감으로 스스로에 대한 평가를 새롭게 정의했습니다. 제가 보는 저는 부끄러움 많은 겁쟁이, 잘하는 게 없는 그저 뚱뚱한 사람이었습니다.

작은 선택을 하는 데도 겁이 났습니다. 왠지 좋은 선택을 하지 못할 것 같은 두려움이 항상 저와 함께였습니다. 무기력한 날들이 계속되자 저의 진로를 부모님께서 대신 결정하게 되었고, 자포자기 심정이었던 저는 어른들이 정해주신 대로 취업이 잘된다는 학과에 입학했습니다.

저의 외모 때문에 꿈과 멀어졌다는 생각에 자존감이 곤두박질쳤습니다. 캠퍼스의 낭만이 가득할 시기에 저는 예쁜 친구들과 저를 비교하며 어떻게 하면 안 뚱뚱해 보일까, 어떻게 하면 예뻐 보일까만 고민했습니다. 동화 속 요정이 나타나 '비비디바비디부' 한마디로 신데렐라처럼 예쁘고 날씬하게 만들어주면 얼마나 좋을까? 말도 안 되는 상상을 하면서 그렇지 않은 현실에 절망하며 삶의 의욕을 잃었습니다.

그러다 보니 저 자신은 어디에 내놓기에 너무 부끄러운 존재가 되었습니다. 늘 펑퍼짐한 면바지에 헐렁한 티셔츠, 두꺼운 팔뚝이 보일까 봐 여름에도 긴소매를 입었습니다. 제 다리에 미니스커트를 입는 건 상상할 수도 없었습니다. 얼굴이 크단 생각에 앞머리를 내려 얼굴을 가리고 고개는 되도록 숙이고 다녔습니다. 그런 저에게 어느 날부터 '요조숙녀'라는 별명이 붙었습니다. 부끄러움이 많아 얼굴을 보여주지 않는 요조숙녀.

사진에 남는 제 모습이 싫어서 그즈음의 사진이 거의 없습니다. 신입생 엠티 때 기념으로 현상해준 사진 속의 제 모습이 너무 싫어서 저만 오려버리기도 했습니다.

미팅과 소개팅에 바쁜 대학 친구들을 보면서 예쁘지도 날씬하지도 않은 저는 연애도 못 할 거라고 생각했습니다. 어쩌다 저를 좋아한다고 고백하는 사람이 나타나도 그럴 리 없다며 도망치듯 피해 다녔습니다. 도무지 좋아할 이유가 없는데 저를 놀리는 것 같았습니다.

자신에 대한 미움이 얼마나 스스로를 무기력하게 만드는지 온몸으로 깨닫고 있었지만, 딱히 삶에 대한 애정도, 기대도 없었습니다. 그렇게 계획 없는 휴학과 복학을 반복하다가 졸업을 하게 되었습니다.

꿈을
———————— 포기하다

전공을 살려 취업을 한 후에도 '이루지 못한 꿈'은 여전히 제 마음에 남아 있었습니다. 어린 시절의 오랜 꿈을 너무 쉽게 포기한 것 같아 아쉬운 마음이 들었습니다. 그렇다고 다시 준비하기엔 이미 나이가 많아서 재도전 또한 쉽지 않았습니다.

그러던 어느 날 외국 항공사는 우리나라보다 나이와 외모 기준이 더 유연하다는 소식을 접하게 되었습니다. 설레는 마음으로 외항사 입사를 목표로 승무원양성학원에 등록했습니다. 꿈을 이룰 두 번째 기회라는 생각으로 열심히 면접 준비를 했습니다.

다시 실패하지 않겠다는 결심으로 회사도 그만두고 모든 수업에 열정적으로 임했습니다. 펑퍼짐한 바지와 티셔츠를 벗고 체형을 드러내는 치마와 블라우스를 입었습니다. 차분한 메이크업과 헤어로 바꾸고 승무원처럼 거울 앞에 섰습니다. 그동안 하지 않던 스타일이라 어색했지만, 거울 속의 제 모습은 생각보다 괜찮아 보였습니다.

화사하게 웃는 연습을 하고 멋진 자기소개도 만들었습니다. 날마다 거울 앞에서 우아하게 웃으며 자기소개하는 저를 보면서 왠지 면접에서 한 번에 붙을 것 같은 자신감도 생겼습니다.

그런데 어느 날, 원장님이 조용히 저를 부르더니 말씀하셨습니다.

"지혜 씨, 다이어트하고 있는 거 맞아? 자기관리가 이렇게 안 되면 어떡해?"

세 시간씩 운동하며 채소만 먹던 그때 저는 인생 최저 몸무게를 나날이 경신하고 있었습니다. 날씬해지는 몸을 보면서 꿈에 가까워지고 있는 것 같던 자신감이 원장님의 한마디에 한순간에 사라졌습니다. 다시 한번 외모 때문에 꿈을 놓치고 싶지 않았던 저는 더 혹독하게 스스로를 몰아붙이기 시작했습니다.

운동 시간을 늘리고 죽지 않을 만큼만 먹었습니다. 가냘픈 동기들과 똑같은 몸무게를 만들기 위해 무던히 노력했지만 쉽지 않았습니다. 도대체 뭐가 문제일까? 제가 보는 거울 속 저와 원장님이 보는 저는 다른 사람인 것 같다는 생각이 들었습니다. 저의 고민이 깊어져 스트레스가 극에 달했을 때 제 몸무게가 동기들의 몸무게와 같아질 수 없는 이유를 알게 되었습니다.

저는 골격이 큰 편이라 무게도 훨씬 더 많이 나가고 키가 같아도 어깨와 골반이 넓어 같은 유니폼을 입어도 체격이 더 커 보였습니다. 제 노력과 상관없이 타고난 체형 때문에 자기 관리가 안 되는 사람이 되어버리고, 그로 인해 저의 가능성이 판단되는 게 억울하고 화가 났습니다.

하지만 외항사여도 같은 국적의 사람들끼리 경쟁하니 날씬한 동기들

최지혜입니다 ———— 47

과 비교가 될 수밖에 없었던 상황이었습니다.

저는 자신감을 잃었고 어렵게 얻은 면접 기회도 다른 동기들과 스스로를 비교하며 의식하다가 망쳐버리고 말았습니다.

잘 다니던 회사까지 관두고 호기롭게 시작했던 승무원 준비가 또 한 번 실패로 돌아가자 저는 절망했습니다. 또 실패했다는 생각, 역시 '나는 안 되는구나'라는 자기 비하가 다시 고개를 들었습니다.

승무원의 합격 기준이 저의 가치를 매기는 단 하나의 기준인양 저 자신을 패배자로 낙인찍었습니다. 어쩌면 승무원이라는 꿈을 가진 것 자체가 잘못이라고, 평범한 회사원이 되길 바랐다면 이런 실패도 없었을 텐데, 모든 문제는 꿈을 꾼 저에게 있다고 비난했습니다. 다시 꿈에 도전하는 저에게 주변 사람들이 해준 응원이 떠올랐습니다.

당장 할 수 있는 것도. 전에 다니던 회사로 돌아갈 수도 없었습니다. 돌아가기에는 너무 멀리 온 것 같았습니다. 이러지도 저러지도 못한 채 아르바이트하면서 지냈습니다. 걸어도 걸어도 끝이 없는 아득한 암흑 속에 있는 듯 다시 무기력해지는 저를 느꼈습니다.

지금 생각해보면 막연한 동경으로 시작된 도전이 연이은 실패로 돌아가자 제 시야가 좁아졌던 것 같습니다.

진짜 꿈을 ──────── 찾아서

"지혜야, 한 치 앞도 모르는 게 인생이다. 너도 후회 없이
네 인생을 살아"

저의 아버지는 공직생활 하시면서 받은 여러 번의 표창이 말해주듯이 성실하고 타의 모범이 되는 분이셨습니다.

무뚝뚝하고 표현에 인색하신 편이었지만 호기심도, 하고 싶은 것도 많은 저를 항상 지지해주셨습니다. 아버지는 퇴직하면 캠핑카를 몰고 전국일주를 하겠다는 꿈이 있었습니다. 주어진 자리에서 최선을 다하고 그 자리에 머무르지 않고 꿈을 꾸며 노력하는 아버지가 존경스러웠습니다.

평소 술, 담배도 멀리하고 등산으로 건강관리를 하며 전국 일주를 꿈꾸던 아버지에게 암이 찾아왔습니다. 이름도 생소한 담도암. 진단명만으로도 아버지를 잃을 것 같은 두려움이 느껴졌습니다.

담도를 제거하는 긴 수술을 마치고 항암치료가 시작되자 180cm가 넘는 키에 건장한 체구였던 아버지는 하루가 다르게 수척해지셨습니다. 그런 아버지께서 투병 중 제게 하셨던 말씀은 제 삶의 방향을 정하는 데 결정적인 역할을 했습니다. 아버지를 보고 있자니, 우리에게 일어나는 삶의 사건이 참으로 갑작스럽고 또 시간은 얼마나 유한한지 생각해보게 되었습니다.

아버지의 말씀처럼 한 치 앞도 모르는 인생, 마지막까지 후회하지 않으려면 나는 뭘 해야 할까? 내가 뭘 할 수 있을까? 생각했습니다. 여태껏 해본 경험이라고는 실패밖에 없는 내가 할 수 있는 게 있을까? 의문이 들었습니다.

아버지를 간호하며 그 당시 제가 할 수 있었던 일이라고는 기도와 독서밖에 없었습니다. 아버지를 위해, 도무지 풀리지 않는 제 인생을 위해 묵묵히 기도하고, 정답을 찾듯 독서에 빠져들었습니다.

어릴 적 부모님께서 눈 나빠진다고 책을 못 보게 하실 정도로 책을 좋아하던 저는 책을 통해 다른 사람의 삶을 만나는 것이 즐거웠습니다. 그렇게 만난 책 속의 멘토들은 제게 다양하고 새로운 질문을 끊임없이 던졌습니다. 그 질문에 대한 답을 찾다 보니 '실패'를 바라보는 저의 생각도 점차 달라지기 시작했습니다.

집안의 장녀인 저는 '부모님이 안 계시면 동생들을 돌봐야 한다.'라는 책임감 때문에 실패를 쉽게 용납하지 못하는 사람이었습니다. '잘 해내야지, 열심히 해야지…' 매번 하는 다짐이 무색하게 현실은 뭐 하나 잘 해내지 못하는 무능력한 모습이어서 동생들 보기에도 부끄럽고 부모님께도 죄송한 마음이었습니다.

그런데 책으로 만난 멘토들도 다양한 실패의 경험이 있었습니다. 그들에게 실패는 결과가 아닌 과정이었습니다. 그 과정을 보며 새로운 희망의 문이 열리는 것 같았습니다.

실패를 대하는 저의 태도를 점검하기 시작했습니다. 실패라고 생각했던 것들을 '과정'으로 바꾸면 뭐가 달라질까? 문득 궁금해졌습니다.

제가 듣고 배운 성공은 경쟁에서 이겨 원하는 것을 성취하는 것이었습니다. 그러니 실패라는 답이 나왔던 것입니다. 그럼 내 기준의 성공은 무엇일까. 고민해보니 제게 성공은 '타인을 돕는 사람'이라는 결론에 이르렀습니다.

가만히 생각해보니 제가 승무원이라는 꿈을 가졌던 이유도 TV에서 보이는 이미지 때문도 있었지만 '누군가에게 도움 주는 걸 좋아하는' 제 성격 때문이었습니다.

그렇다면 실패라는 과정에서 배운 것은 무엇일까. 실패가 부끄러워서 생각하기도 싫던 그때로 돌아가 그 당시의 저를 다시 만났습니다.

승무원 준비를 하면서 가장 크게 깨달았던 건 '외면과 내면의 연결'이었습니다. 매일 미소 연습을 하니 주변에서 친절한 사람이라는 평가를 받았고, 차분한 옷이 많아지니 신뢰감 있는 이미지가 되었습니다. 자세를 바르게 했을 뿐인데 자신감 있는 사람이라는 이야기를 듣고 말투가 부드러워졌을 뿐인데, 신중하고 선한 사람이라는 말도 들었습니다. 면접을 위해 외모를 가꾸며 스스로도 나에게 이런 모습이 있었나 놀라웠는데 그런 저를 예전과 다르게 봐주는 사람도 늘어났습니다.

그렇게 내면의 변화도 느껴졌습니다. 스스로에 대한 가능성을 발견하면서 뭐든 할 수 있다는 자신감도 생기는 것 같았습니다. 날씬하고 예쁜 몸이 아니어도 자신에 대한 시각을 바꾸고 외모를 가꾸는 시도만으로도 내면의 변화가 시작되다니! 그렇게 원하던 '비비디바비디부' 요정의 요술봉은 이미 저에게 있었다는 걸 알게 되었습니다.

비교만 하다가 절망으로 끝난 승무원 준비인 것 같았는데 결과와 상관

없이 과정 중에 저는 성장하고 있었던 것입니다. 승무원이라는 꿈의 프레임에서 벗어나자 저는 할 수 있는 것이 많은 가능성 있는 사람이라는 것을 알게 되었습니다. 그리고 다시 꿈이 생겼습니다.

'자신만의 기준을 찾도록 돕고 또 자신의 가능성을 알게 돕는 사람이 되고 싶다.'

그때부터 패션 회사에 다니며 습득한 정보들, 승무원 준비를 하며 알게 된 노하우를 블로그에 작성하기 시작했습니다. 스스로 공부도 하고, 과거의 저처럼 외모 때문에 좌절하고 상처받은 사람들이 제 글을 통해 자신의 외모를 새롭게 보고 또 그런 자신을 보며 가능성을 발견하길 바랐습니다.

날씬해 보이는 옷, 다리가 길어 보이는 신발, 키가 커 보이는 스타일, 큰 얼굴을 가릴 수 있는 헤어스타일 등. 콤플렉스를 가릴 수 있는 팁을 공유하자 댓글로 상담 문의도 오기 시작했습니다.

나를 바라보는
시각을 ——————— 바꾸다

　　공부도 하며 정보도 나눌 겸 시작한 블로그였는데, 제 글을 본 사람들은 제 스타일링 실력을 인정해주고 또 직접 만나기를 원하는 고객들이 점차 늘어났습니다. '다리가 짧아요, 허리가 두꺼워요, 키가 너무 작아요, 어깨가 너무 넓어요…' 여러 고민을 가진 고객들을 만났습니다.

　　문의하는 고객들이 늘어나자 프리랜서로 전향하면서 강의를 시작하게 되었습니다. 많은 사람에게 제가 가진 지식을 나눠주는 일이 즐거웠습니다. 무엇보다 제 컨설팅을 통해 외면이 달라진 고객들이 면접에 붙었거나 애인이 생겼다는 등의 소식을 접할 때면 정말 신나고 행복했습니다.

　　어느 날, 작은 얼굴에 오목조목한 이목구비, 늘씬한 몸에 큰 키를 가진 고객을 만난 적이 있었습니다. 외모 고민도 콤플렉스도 없어 보이는데 왜 찾아왔을까? 의문이 들 정도의 미인이었습니다. 컨설팅을 진행하면서 함께 쇼핑하는데, 그 고객은 가늘고 긴 목을 가졌음에도 목이 짧다고 느끼며 단점을 보완할 방법을 물었습니다. 다리도 곧고 예뻤는데 두꺼운 발목을 어떻게 가리면 좋을지 고민했습니다.

　　콤플렉스를 보완할 수 있는 패션 팁을 조언하며 함께 쇼핑을 마치고,

고객도 만족스러워했지만 저는 뭔가 불편한 마음을 거둘 수 없었습니다.

여러 날을 고민하던 중에 패션을 도구로 활용하는 방법을 알려주자는 시작과 달리, 패션으로 '단점과 콤플렉스를 가리는 방법'만 알려주고 있었던 건 아닌가 하는 생각이 들었습니다.

자신의 외모를 가꾸면서 스스로에 대한 다양한 가능성을 발견하고 나아가 자신이 원하는 대로 스타일링을 할 수 있도록 돕기는커녕 외모에 더 얽매이게 한 건 아닌가 하는 생각이 들었습니다.

타인의 의견은 때때로 강력하게 마음에 남기 때문에 더 마음이 쓰였습니다.

어릴 적 저는 눈이 나빠서 도수 높은 안경을 썼었는데, 그 안경을 쓰면 눈이 두 배는 더 작아 보였습니다. 어느 날 체육복을 갈아입느라 안경을 잠깐 벗었던 적이 있었는데, 한 친구가 저를 보더니 '눈이 엄청 크고 예쁘다'며 놀라워(?) 했습니다. 그 말이 너무 듣기 좋았습니다. '나는 눈이 예쁘구나' 하는 마음에 잔뜩 들떠서 거울을 보고 있는데, 다른 친구의 장난처럼 한 말에 상처를 받고 말았습니다.

"눈도 크고 얼굴도 크잖아."

들떴던 기분이 착 가라앉았습니다. 다시 거울을 보니 정말 얼굴이 커서 눈이 작아 보였습니다. 그 뒤로 저는 꽤 오랫동안 큰 얼굴이 콤플렉스가 되었습니다.

얼굴이 크다, 작다는 타인의 의견일 뿐인데, 그 말에 마음은 들뜨기도 하고 가라앉기도 했습니다. 정작 내가 나를 어떻게 생각하는지는 외면한 채 타인의 의견을 그대로 받아들여 스스로를 평가하고 괴로워했습니다. 그날의 경험으로 외모에 관해서 함부로 의견을 말하는 사람이 되고 싶지 않았습니다. 그런데 제가 패션컨설팅이라는 명목 아래 타인의 단점을 찾아내고 그걸 감추라고 조언해왔던 건 아닌지 곱씹어보았습니다.

사람마다 고유한 스타일과 아름다움을 찾게 해주겠다고 컨설팅을 시작한 지 1년, 그동안 저는 그냥 예쁜 옷을 골라주는 사람에 불과했던 겁니다. 물론 다들 '변신'하는 데엔 성공했지만 제가 원한 건 '변화'였습니다. 외면을 통한 내면의 변화.

컨설팅했던 지난 자료들을 점검하고 수정하면서 저 자신을 돌아봤습니다. 다소 시간이 걸리더라도 저를 만나는 모든 분이 스스로에 대한 가능성을 발견하고 자신을 더욱 사랑할 수 있는 변화를 돕는 스타일 컨설턴트가 되고 싶었습니다.

'나'라는 —————— 장르를 만들다

나는 어떤 스타일컨설턴트가 될 것인가?

그 고객과 만남은 저 자신을 다시 한 번 점검해보는 계기가 되었습니다. '정작 나는 콤플렉스에서 자유로운가? 내가 뭘 원하는지 정확히 알고 있는가? 그저 보이는 것에 집착하는 건 아닐까?' 저에 관한 질문에 스스로도 선뜻 대답하기 어려웠습니다.

패션 스킬만으로 평소와 다르게 보이게 만들 수는 있지만 진짜 변화를 만들 수는 없을 것 같았습니다. 패션컨설팅을 받은 고객이 당일의 변화는 가능했지만, 지속하기 어려운 이유도 바로 여기에 있다는 걸 깨달았습니다. 단점이 없는 완벽한 외면이 아니라 내면과 외면의 연결이 균형을 이루는 것이 중요하다는 생각이 들었습니다.

머리부터 발끝까지 눈에 보이는 스타일과 함께 건강, 감정, 생각 등과 같이 보이지 않는 것들과 균형을 이루는 방법에 대해 고민을 하게 되었습니다.

이러한 고민으로 내면을 위한 꿈 프로젝트와 질문프로젝트를 하면서 제 재능을 나누며 이곳저곳 봉사활동을 다니기 시작했습니다. 많은 사람을 만나며 다양한 경험을 했습니다. 꾸준히 배우고 알게 된 것들을 다시 블로그, 브런치 등 SNS로 나누기 시작했습니다.

저의 진심이 담긴 글들은 강의에, TV 출연에, 칼럼까지 이어졌습니다. 저는 다양한 곳에 칼럼을 기고하기 시작했는데, 외면과 내면의 균형을 강조하는 글을 주로 썼습니다. 강의할 때도 단점을 가리는 팁을 알려주기보다 단점을 바라보는 시각에 관해 이야기하고, 단순히 옷을 잘 입는 방법이 아닌 자신만의 스타일을 만드는 방법에 대해 이야기하게 되었습니다.

어느 날 칼럼을 기고하던 신문사 기자님께서 제 글을 읽고 연락을 해온 독자 이야기를 해주셨습니다.

그 독자는 어릴 적부터 미모가 돋보였던 탓에 주변에 이성이 끊이지 않았고, 그렇게 시작된 만남은 얼마 못 가 상처만 남기고 끝나버렸습니다. 외모만 보고 다가왔던 사람의 관심이 사라지면 그 독자의 자존감도 덩달아 낮아졌던 겁니다. 그런 일이 반복되자 자신의 화려한 외모가 싫어지고, 스스로 미워하는 마음만 커졌답니다.

제 칼럼을 읽고 타인에게 의지했던 자신에 대한 평가를 새롭게 하고 스스로를 더욱 사랑하고 싶다는 말을 전해왔습니다. 자신에 대한 시선이 바뀌었다는 것만으로도 저에게는 큰 울림을 주는 감격스러운 소식이었습니다.

하루는 오프라인 강연을 마치고 주변 정리를 하고 있는데, 나이 지긋한 여성분이 저에게 다가왔습니다. 액세서리부터 옷까지 명품으로 치장한 중년의 여성은 대뜸 제 손을 잡더니 '고맙다'라는 말씀을 하셨습니다.

경제적으로도 여유롭고 평온한 삶을 살고 있지만, 늘 알 수 없는 허전함을 느꼈는데 제 강의를 통해 비로소 이유를 찾을 수 있었다고 하셨습니다. 우리는 그 자리에 서서 한참을 내면과 외면의 균형에 대한 이야기를 나누었습니다. 타인이 정해 놓은 기준에 휘둘리지 않는 자신만의 스타일에 대해서 말입니다.

성장에는 반드시 성장통이 함께 하는 것 같습니다. 꿈을 이루지 못했던 과거, 실패의 연속, 아버지의 조언, 제가 잘할 수 있는 일을 찾기 위한 고민들, 그리고 함께 나누기 위해 온라인 오프라인으로 활동했던 것들이 때로는 아프고 지치기도 하지만 결국 나라는 장르를 만드는 데 꼭 필요한 과정이었습니다.

삶을 살아가며 만나는 사건들을 실패와 성공의 결과가 아니라 성장하는 과정으로 바라보게 되면서 저만의 태도를 만들어가게 되었습니다. 그리고 저를 만나는 모든 분이 자신만의 장르를 만드는 것이 꿈이 되었습니다.

새로운 기준을
———— 세우다

예전에는 승무원처럼 보이고 싶어서 헤어스타일, 의상들을 맞췄
다면 지금은 저만의 스타일로 옷을 고르고 화장을 합니다.

어떻게 보일지 알고 활용하는 패션은 그날 제가 하고 싶은 말을 대신
합니다. 모델이 입은 옷이 내가 입었을 때 예쁜 옷인지 아닌지를 구분할
수 있게 되었고, 무분별했던 소비도 잦아들게 되었습니다. 옷장이 단출해
졌지만 필요한 옷들로만 채워져 있습니다.

저를 가두고 있던 보이는 것과 보여주고 싶은 것의 경계를 명확히 하
니 저만의 취향이 더욱 확고해졌습니다. 타인의 시선을 덜어내자 나다움
을 인정하고 더 잘 활용하게 되었습니다.

여러 매체에 소개되면서 정말 다양한 분들이 자신만의 스타일을 찾기
위해 저를 찾아오셨습니다. 나이, 성별, 국적, 직업 등 뭐 하나 공통점을
찾을 수 없었지만 그분들이 원한 건 모두 비슷했습니다.

'나만의 스타일을 찾고 싶다.'

최지혜입니다 ————

컨설팅을 하며 기성복의 남자사이즈에 비해 작은 체구와 240mm의 작은 발사이즈를 가진 남성 고객에게 여성용 옷과 신발을 권했습니다. 옷이든 신발이든 맞춤샵에서 맞추면 가능하지만, 상황이 안 되는데 굳이 그럴 필요가 없다고 생각했습니다. 여성용이든 남성용이든 아동용이든 나를 제대로 표현할 수 있다면 패션의 활용에 제약을 둘 필요가 없다고, 또 스스로 만족하게 되면 그걸로 충분하다고 말씀드렸습니다.

처음엔 좀 당황하며 여성화 신기를 주저했던 그분도 매니쉬한 여성화가 생각보다 잘 맞고, 잘 어울리자 표정이 밝아졌습니다.

"생각보다 되게 괜찮은데요?"

돌아오는 길에 본인이 여성화를 사게 될지는 몰랐다고 이야기하는 고객을 보면서 단지 감추고 싶은 콤플렉스를 넘어서 자신을 바라보는 시선을 바꾸게 도운 것 같아 기뻤습니다. 패션으로 자신을 표현하는 데 좀 더 편안해지실 것 같았습니다.

미국에서 오신 중년남성이 생전 처음 연한핑크색 자켓을 쇼핑하면서 들떠 하던 모습을 기억하면 미소가 절로 지어집니다. 한 회사의 대표로 어두운 컬러의 비즈니스 슈트만 입다가 화사한 옷이 근사하게 어울린다는 걸 비로소 알게 된 거죠.

"오늘은 오랜만에 나를 위한 시간을 보낸 것 같아요."

쇼핑은 시간 낭비라고 생각하고 가족들과의 쇼핑에도 항상 뒷전이었는데 모처럼 정말 즐거운 시간이었다고 말씀하셨습니다.

컨설팅을 통해 고객들은 자신과, 또 패션을 새롭게 보는 경험을 하게 된 것이라고 생각합니다. 익숙한 것에서 벗어나서 말이죠.

새로운 시도만으로 스스로가 가진 가능성과 선택권이 넓어졌다는 걸 알게 되면 자신만의 스타일을 만들어가는 게 더 이상 어렵지 않아집니다.

저도 그저 예쁜 옷을 골라주기만 하는 게 아니라 각자에게 맞는 좋은 옷을 찾아주는 느낌이 들자 이제야 원하던 꿈이 가까이에 있는 것 같았습니다. 고객들의 모습을 보면서 저는 꿈은 '이루는 것'이 전부가 아니라 어쩌면 '과정' 자체일 수도 있겠다는 생각이 들었습니다.

최지혜입니다 ———

그대라는 브랜드가

빛나는 ———— 시간

스타일 컨설턴트로 기업과 개인에게 서비스를 제공한 지 10년이 되어갑니다. 실패감에 허우적대던 모습도, 열심히 공부하던 모습도, 봉사하던 모습도 저의 과정입니다.

만약 제가 승무원이라는 꿈을 단번에 이뤘다면 저는 어땠을까요?

확실한 건 꿈을 이루지 못했던 좌절의 시간이 저를 성장시켰다는 것입니다. 합격의 기준 안에 들어가지 못했기 때문에 저와 같은 고민을 가진 사람들을 이해하게 되었고 아버지의 암 진단으로 실패에 대한 새로운 시각을 가질 수 있었습니다.

또 고객과 만남을 통해 외면의 변신이 아닌 내면의 변화를 끌어내는 사람으로 활동할 수 있게 되었습니다.

승무원이라는 꿈을 이루지는 못했지만 저는 실패하지 않았습니다. 실패도 인생을 만들어 가는 과정이고 제 인생은 틀린 인생이 아닌 다른 인생이라는 것을 깨달았을 때 진정 자유로워졌습니다.

타인의 시선, 세상의 기준들에서 벗어나 최지혜라는 유일한 존재가 되자 크고 넓은 마음으로 스스로를 바라보고 사랑할 수 있게 되었습니다. 그렇게 제 세상도 더 넓어졌습니다.

단지 저의 삶에 머무르지 않고 타인의 삶에 귀 기울이며 도움도 사랑도 전할 수 있게 되었습니다. 그 시작이 나에 대한 새로운 시각을 가지면서부터였습니다. 실패를 과정으로 보고 나에 대한 관점을 바꾸게 된 것. 그게 시작이었던 것 같습니다.

타인과의 비교를 멈추고 자신을 더 바라봐주세요. 세상에 반짝이고 아름다운 것들은 많지만 '나'는 단 하나뿐인 귀한 존재입니다. 스스로 '나'를 충분히 사랑할 때 그 사랑이 가득 넘쳐서 다른 이에게도 전해질 수 있습니다.

완벽한 이목구비가 아니어도, 늘씬한 몸매가 아니어도 괜찮습니다. 항상 그랬듯이 지금 이 순간 그대로 충분합니다.

최지혜입니다 ——————

양상미입니다

블로그
https://blog.naver.com/sangmi3327

·

인스타그램
http://instagram.com/ha.0.dam.a_jeju

제주에서 귤 농사 지으며 낮에는 흙을 만지고,
새벽엔 글을 쓰는 농부입니다.
농촌과 도시의 연결고리가 되기 위해
노력하고 있습니다.

사람들은 제가 뭘 입고, 뭘 신고 있는지
전혀 관심이 없었어요.
귤이 달면 행복해하고, 화목난로 앞에서
가족들과 보내는 시간에 의미를 두는 분들이었죠.

지금보다

한 ——————— 뼘만 더 나아진 삶

"우리 나중에 제주로 귀농하자."

남편은 늘 제게 입버릇처럼 말했습니다. 그런데 귀농이 어디 말처럼 쉬운가요? 반복된 일상에 안정감을 느끼던 저는 아이들 다 키우고 노년이 되어 누리는 전원생활을 상상했기에 영혼 없이 '그러자'라고 대답했습니다.

하지만 말하는 대로 인생이 살아지는 것처럼 고향으로의 귀농은 생각보다 빨리 현실이 되었습니다. 그때 깨달았습니다. 남편이 귀농 얘기를 꺼냈을 때 '너나 하세요'라고 말했어야 했던 것을.

저희는 간호사 부부였습니다. 저는 신생아집중치료실 간호사로, 남편은 마취회복실 간호사로 근무하다가 결혼과 동시에 허니문 베이비가 생겼습니다. 아무 연고가 없는 지역에 신혼집을 차리다 보니 육아는 자연스럽게 제 몫이 되어서 저는 일을 관두게 됐어요.

결혼 전에는 수간호사를 목표로 열심히 일했고, 제 커리어에 대한 자부심과 성장 욕구도 컸습니다. 그랬던 제가 하루아침에 집에 들어앉아 육아만 하려니 우울증이 생기는 게 당연했어요.

　제가 하던 일이 아픈 신생아들을 돌보던 일이라, 아이가 건강하게 자라 주는 게 얼마나 큰 행복이고 축복인지 누구보다 잘 알았습니다. 하지만 정작 제 아이들을 키울 땐 그 마음을 놓치고 살았죠. 제 몸 힘들고 제 마음 아픈 것만 보였습니다.

　그렇게 제가 시들어갈 동안 남편은 병원에서 큰 역할을 맡으며 핵심인력으로 승승장구했습니다. 사회에서 인정받는 모습, 자신감 넘치는 남편을 볼수록 제 존재감과 자존감은 끝도 없이 가라앉았습니다.

　남편은 승진을 하고 더 좋은 조건으로 스카우트 제안을 받기도 했어요. 삶의 동반자가 성장하는 모습을 보니 기쁘기도 했지만 부러운 마음이 컸습니다. 당연히 축하 먼저 해줘야 할 일인데도 그러지 못했어요. 같은 직업이었던 터라 몇 배는 더 큰 상실감을 견뎌야 했습니다.

　한번 꺾인 자존감은 다시 설 줄 몰랐고, 저는 역할을 잃어버린 사람처럼 멍한 일상을 보냈습니다. 그러던 어느 날 큰아이가 넘어져서 크게 다치는 일이 있었습니다. 엉엉 울며 저를 여러 번 불렀다는데 저는 그 소리를 듣지 못했어요. 그런 저를 마주한 순간 '큰일 났구나' 싶었습니다. 우울은 저뿐만 아니라 어느새 제 주변까지 갉아먹고 있었던 겁니다.

　그때부터 제 마음을 조금씩 들여다보기 시작했습니다. 마음을 추스르기 위해 새벽 5시에 일어나 동네 뒷산을 오르며 남편에게 섭섭했던 것, 내 안에 쌓인 감정을 육두문자와 함께 시원하게 토해냈습니다. 동트기 전 한두 시간을 오롯이 저만의 시간으로 보내며 버텨봤지만 한번 주저앉은 마음을 다시 일으키기엔 역부족이었습니다. 그러던 어느 날, 남편이 말하더군요.

"제주로 귀농하자."

남편이 입버릇처럼 하던 말이 진심이었다는 것에 놀랐고, 도시에 살다가 덜컥 시골로 내려간다는 것도 자신 없었어요. 아이들 교육도 걱정이었고, 무엇보다 제 직업을 잃고 상실감이 컸던 시기인데 제주에 가면 복직할 기회조차 영원히 사라지는 거였습니다.

게다가 저는 고작 30대였고, 아이들도 어린데 혹여나 망하기라도 하면 그땐 어떡할지, 지금껏 살아온 인생 방향을 하루아침에 바꿀 수 있을지 별별 생각에 잠 못 드는 날이 많았습니다.

그런 걱정을 하다가도 학교에 적응 못 하는 큰아이와, 하루에도 몇 번씩 냉탕과 온탕을 오가는 제 감정 상태를 생각하면 귀농이 도움이 될 것 같기도 하고…. 갈팡질팡의 연속이었어요.

그렇게 오랜 고민과 남편과의 상의를 거쳐 결국 귀농을 결정했습니다. 부산을 떠나 제주로 향하며 오직 하나만 바랐습니다. 지금보다 한 뼘만 더 나아진 삶. 그거라면 후회하지 않을 것 같았어요.

제주에 도착하자마자 짐을 풀고 아이들과 제주 전역을 누볐습니다. 아이들과 함께 바다를 만지고 햇살을 눈에 담고 오름을 오르며 오랜만에 숨다운 숨을 쉬니 살 것 같았어요. 정말 오랜만에 누리는 여유와 안락함에 긴장이 풀리는 것 같았습니다. 이렇게 좋은 걸 왜 더 빨리 결정하지 못했는지 후회가 밀려왔어요.

귀농하길
———— 잘했다?!

'탕탕탕탕탕탕!!'

귀농하길 잘했다는 생각은 딱 2주 만에 사라졌습니다(아이들과 여행 다닌 기간이 2주였거든요). 농촌에 살면 새소리나 들으며 눈을 뜰 줄 알았는데, 현실은 새벽 4시만 되면 일터로 나가는 경운기 소리에 잠이 깼습니다. 생각지도 못한 강제기상은 엄청난 스트레스였습니다. 나아질 줄 알았던 우울증이 귀농 후 더 심해지는 느낌이었죠.

강제기상보다 더 괴로웠던 건 새벽에 일어나도 딱히 할 일이 없다는 거였습니다. 특히 귀농 후 첫해에는 하루가 시작되는 게 무서울 정도로 할 게 없었어요. 귀농 전까지 복잡한 도시에서 치열하게 살아왔기에, 느닷없는 여유가 어색하고 불안했습니다. 게다가 마을 어른들은 밤낮 바삐 움직이는데 젊은 우리 부부는 한량 같은 시간을 보내고 있으니 날이 갈수록 눈치만 보였어요.

문밖을 나서면 마주치는 동네 어르신들도 무서웠습니다. 밖에 볼일이 있어서 나가다가도 멀리서 누군가의 인기척이 느껴지면 다시 집으로 들어올 정도로 사람들과 마주치지 않으려고 했어요.

그렇게 얼마간 시간을 보내다가 먼저 귀농한 '선배 농부님'들 밭에 가서 귤도 따며 농사를 배우기 시작했습니다. 풀 뽑는 데도 요령이 있고, 귤 하나 따는 데도 기술이 필요하다는 걸 난생처음 알았습니다.

우리 부부가 평생 해왔던 일은 병원에서나 통할 뿐, 농사에는 아무짝에도 쓸모가 없었어요. 특히 뙤약볕을 온몸으로 받아내며 땀을 뻘뻘 흘리다 보면 과거가 그리워졌습니다. 아이들 유치원 보내고 집안을 정리한 뒤 따뜻한 베란다에서 마시던 커피 한 잔의 여유….

귀농 후에도 대학 선배로부터 간호사로 복귀하라는 제안을 종종 받았는데 그럴 때마다 많이도 흔들렸습니다(그렇다고 간호사가 편한 직업이라는 것은 절대 아닙니다). 과거와 현재를 비교하며 지금 내가 잘하고 있는 건지 매일매일 스스로 물었어요. 제가 선택한 삶이었지만 확신이 없던 시기라 아무리 질문을 해도 답을 찾을 수가 없었습니다.

그렇게 잡념이 머릿속을 어지럽힐 때마다 부지런히 몸을 움직였습니다. 정신없이 풀을 뽑다가도 손톱 밑에 까맣게 낀 흙을 볼 때면 또다시 마음이 복잡해졌어요. 잘한 선택일까? 또다시 의문이 밀려왔고 또다시 새벽부터 밤까지 쉴 새 없이 움직이며 마음을 다잡았습니다. 몸이 피곤하면 잡념이 조금은 사라지는 것 같았거든요.

젊은 농부들이 기특하다며 많은 도움을 주신 이웃도 있었지만 자신의 경험을 조금 알려주며 머슴 부리듯 일을 시키던 분, 소처럼 부려놓고 '이런 경험은 돈 주고 배워야 한다'고 했던 분도 많았습니다. 치사하고 힘든 걸 견뎌야 하는 것도 서러웠지만 무엇보다 저 자신이 하찮게 느껴져서 어찌나 속상하던지요.

어디 가서 무시당하지 않으려면 하루라도 빨리 프로 농부가 되어야 했습니다. 부지런히 사는 것 말고 다른 방법은 없다는 생각에 여기저기 다니며 농사를 배우고 농업교육도 열심히 듣기 시작했어요.

봄에 씨 뿌리고, 여름에 물주며 잡초 뽑고, 가을에 수확하는 게 농사의 전부인 줄 알았는데 농업교육에서 생각지도 못한 것들도 배우게 됐습니다. 농장 이름을 짓고, 브랜딩화하고, 인터넷으로 홍보하고⋯. 농사도 체계적으로 '기업화해야 한다'라는 말에 눈앞이 캄캄해졌습니다. 아무 생각 없이 귀농했던 저에겐 청천벽력 같은 소리였어요.

작물을 열심히 키워놓으면 마트든 청과물시장이든 어디선가 와서 척척 사가는 줄 알았는데 판매경로와 방법까지 스스로 찾아야 한다니 막막하기만 했습니다. 남들에게 간단한 부탁은커녕 아쉬운 소리 한마디 못하는 성격이라 잘 해낼 수 있을지 걱정만 됐어요.

농업교육을 듣고 온 날 남편과 머리를 싸매고 농장 이름부터 고민했습니다. 우리 가족의 앞날이 달렸다고 생각하니 한 글자도 허투루 지을 수 없었어요. 마치 승부차기의 1번 선수가 된 심정으로 신중하고 정성껏 단어를 골랐습니다. 남편과 농장 이름을 짓고, 철학을 세우고, 비전을 고민하다 보니 어느새 귤밭은 농장으로, 농장 이름은 브랜드로, 초보 농부는 기업인으로 변해갔습니다.

내가 가꿔야 할 '회사'라고 생각하니 점점 의욕이 솟았습니다. 그때부터 온갖 작물을 심기 시작했어요. 대파, 양파, 감귤, 남편이 좋아하는 수박, 큰아이가 좋아하는 미니 단호박, 작은 아이가 좋아하는 초당 옥수수 등. 뭐라도 잘되면 대박이고 안 되면 우리 가족이 먹어치우면 된다는 생각이었죠.

블로그를 열어 영농일지도 쓰기 시작했습니다. 영농일지라고 해봐야 핸드폰으로 대충 찍은 사진 밑에 '배추씨를 뿌렸다', '배추가 자란다', '콩밭에 자란 풀을 뽑았다' 정도의 일상이 전부였습니다. 초보 농부다보니 아는 게 없어서 저의 일상과 감정을 담은 일기밖에 쓸 게 없었어요. 농업 교육에서 블로그의 필요성을 강조했기 때문에 시작은 했는데, 쓸 것도 없고 흥미도 없어서 얼마 못 가 시들해졌습니다. 마침 저희가 심은 첫 작물들도 '흉작'의 기운을 내뿜고 있어서 블로그를 소홀히 할 핑계도 충분했죠.

역시 농사는 호락호락한 게 아니었습니다. 우리에게 맞는 농작물이 무엇인지 잘 몰라서 좋아하는 것 위주로 이것저것 심어봤지만, 비상품(상품 가치가 없는 것) 농산물만 자꾸 수확되었어요.

처음엔 비상품 농산물조차 반가웠습니다. 씨앗을 뿌리고 작물을 '거두는 재미'가 있었거든요. 하지만 거두는 재미도 하루 이틀이고, 먹는 데도 한계가 있는 법. 나중에는 먹을 게 넘쳐나니 보기만 해도 정떨어지는 지경에 이르렀습니다. 부지런히 키우면 수입도 늘겠거니 생각했지만 현실은 달랐습니다. 하루도 쉬지 않고 일했지만 우리 부부의 인건비는커녕 씨앗 값, 재료비 정도만 겨우 빌 정도였습니다. 오히려 남의 인건비를 안 들였으니 본전치기했다고 안심해야 하는 상황이었죠.

농사에서 가장 중요한 건 '버티기'라는 말을 실감하는 순간이었습니다. 수입 걱정, 태풍 걱정, 가뭄 걱정, 작물 전염병 걱정…. 농부로 사는 내내 온갖 걱정에 시달릴 생각을 하니 눈앞이 캄캄했습니다.

엄마,
　나 학교가 너무 좋아 ─────

　　3,000평짜리 밭에 초당 옥수수를 빼곡히 심었습니다. 하필 초당
옥수수였던 이유는 귀농 첫해에 유일하게 살아남은 작물이었기 때문이
었어요. 당도까지 높아 주변 반응도 꽤 좋았습니다. 초보 농부의 어설픈
솜씨로 모종을 심어도 쑥쑥 자라줬던 옥수수라 다음 해에도 잘될 줄 알
고 욕심을 부린 게 화근이었습니다.

　　농사는 '하늘이 짓는다'고 할 정도로, 농사에선 날씨가 아주 중요합니
다. 모든 작물은 온도와 습도, 바람에 따라 흉작과 풍작이 결정될 정도입
니다. 올해 풍년이었다고 내년에도 풍년일 거라는 보장이 없어요.

　　그런 걸 알 리 없었던 저희는 초당 옥수수가 잘 자라니 '옥수수 심기에
적합한 밭'인 줄로만 알았습니다. 기대에 부풀어 모종을 잔뜩 심은 뒤 늦
겨울부터 초여름까지 부지런히도 가꿨어요. 하지만 그해 날씨 운이 따라
주지 않아 3,000여 평의 옥수수밭을 모두 갈아엎어야 했습니다. 그간의
노력이 헛수고가 되자 얼마나 힘이 빠지던지요.

　　더 큰 문제는 이미 옥수수를 주문한 분들에게 일일이 전화를 걸어 상
황을 설명하고 환불해야 하는 과정이 남았다는 것이었습니다. 사람 만나

는 것도 어려워하고, 전화보다 문자를 선호하던 제가 그 많은 사람에게 일일이 전화를 걸어 농장 상황을 설명하려니 도저히 입이 떨어지지 않았어요. 약속을 못 지키게 돼서 미안한 마음이 가장 컸지만, 혹시나 험한 말을 들으면 어쩌나 겁이 나기도 했습니다.

전화 거는 일을 남편에게 떠넘길까, 통화 말고 문자로 할까… 이런 저런 꼼수를 궁리하다가 미뤄서 될 일이 아니라는 생각에 결국 일일이 전화를 걸어 상황을 설명했습니다. 그런데 오히려 저희를 걱정하는 분들이 대부분이었어요. 옥수수가 자라는 과정을 틈틈이 공유하며 수확의 기쁨을 함께 기다렸는데, 하루아침에 '망작'이 된 소식을 전하자 내 일처럼 마음 아파하는 분들이 많았습니다. 얼굴도 모르는 분들의 따뜻한 응원에 그나마 기운을 차릴 수 있었습니다.

옥수수밭을 갈아엎고, 일일이 전화를 걸어 환불을 마쳤다고 할 일이 끝난 건 아니었습니다. 농사라는 게 해도 해도 끝이 없는 집안일과 비슷해서, 저는 쉴 새 없이 이 밭 저 밭을 다니며 작물을 돌보고 다음 농사를 준비해야 했어요.

농사를 짓다 보면 집 앞의 바다와 오름, 한라산의 사계절을 감상할 새도 없습니다. 해 뜨기 전에 집에서 나가고, 해가 지고서야 집에 돌아옵니다. 빨간 날에도 쉬지 않습니다. 비가 오면 쉬냐고요? 비닐하우스로 출근합니다. 하하. 정말 한시도 쉴 수 없는 생활이 반복되죠.

특히 오후 3시는 하루 중 제일 고단해지는 시간입니다. 집을 나온 지 한참 지난 시간이고, 집으로 돌아가려면 한참 더 일해야 하는 애매한 시간이기 때문이죠. 그날도 '마의 3시'를 겨우 버티고 있는데 큰아이로부터 전화가 왔습니다.

"엄마! 나 학교가 너무 좋아."

뜬금없이 학교가 좋다는 큰아이의 말에 저도 모르게 눈물이 핑 돌았습니다. 사실 귀농을 결정했던 큰 이유 중 하나는 큰아이 때문이었어요. 저희가 귀농할 당시 큰아이는 초등학교 2학년이었는데, 워낙 낯가림이 심하고 소극적이어서 학교에 가서도 온종일 말 한마디 안 하고 집으로 돌아오기 일쑤였습니다.

고작 초등학교 2학년짜리가 학교를 '어쩔 수 없이 가야 하는 곳'으로 여기며 무거운 표정으로 집을 나설 때마다 무척 속상했습니다. 아이들을 키울 때 제 우울증이 극에 달해 있던 때라, 아이가 그렇게 된 게 제 탓인 것 같아 죄책감도 컸죠. 그랬던 아이 입에서 학교가 좋다는 말이 나오니 감격할 수밖에요.

첫째가 다니는 학교는 학생 수는 적지만 누구 하나 소외되지 않고 존중받을 수 있습니다. 큰아이도 한 반에 6명뿐인 작은 세계에서 구성원으로 자리 잡아갔어요. 학생 수가 적으니 선생님의 질문에도 모든 아이가 돌아가며 대답을 하고, 대답 내용이 모두 달라도 틀렸다고 지적당하거나 놀림당하지 않습니다.

비난과 질책이 없고 모든 의견을 존중하는 분위기니 큰아이도 그 속에서 '나도 할 수 있다'라는 걸 깨닫는 것 같았습니다. 급식도 맛있고, 친구들도 선생님도 모두 좋다는 아이의 말에 그간의 시름이 모두 사라지는 기분이었어요.

귀농을 고민할 때 제 식구들은 말할 것도 없고 친구들도 너나 할 것 없이 모두 반대만 하느라 바빴습니다. 농사 아무나 짓는 거 아니다, 그 시골에서 밤에 아이라도 아프면 어쩔 것이냐, 도시 아이들은 선행학습이다 어학연수다 앞서갈 생각만 하는데 아이들이 뒤처지면 어쩔 것이냐….

이런 모든 조언을 뒤로 한 채 선택한 귀농이었고, 현실에 부딪혀서야 왜 그리들 극심하게 반대했는지 알 수 있었습니다. 쉬운 일이 '단 하나도' 없었거든요. 결국 제 눈 제가 찌른 격이라 어디에 말도 못 하고 끙끙 앓던 차에 아이의 말 한마디가 절 일으키게 만든 거였죠.

비록 자식처럼 키운 옥수수는 수확하지 못하는 쓴맛을 경험했지만, 제 아이들은 점점 안정을 찾고 성장하는 것 같아서 기뻤어요. 제주에 와서 처음으로 '귀농하길 잘했다'라고 생각했습니다.

아이가 제주의 작은 학교를 좋아하게 된 것처럼, 어쩌면 저도 힘들게만 느끼던 농부라는 직업이, 고된 밭일이 점점 좋아질 것 같다는 예감이 들었습니다.

완판의 여왕이
──────── 되다

　　농촌에 살다 보면 안타까운 일들이 자주 발생합니다. 2019년 겨울, 한라봉 가격이 평년보다 절반 이상 떨어져서 바닥을 친 해가 있었어요. 한라봉을 키우는 대부분 농장들은 판매할 곳이 마땅치 않아서 중간 유통 상인에게 밭 전체의 농산물을 한 번에 팔아버리고는 했습니다. 대부분 나이 드신 농부들이었고, 일 년 동안 애지중지 키운 한라봉을 유통 상인에게 헐값으로 넘기는 걸 보니 안타까운 마음만 들었어요.

　　이웃에 사는 윤택이 삼춘네도 마찬가지였습니다(참고로 제주에서는 동네 어르신을 모두 '삼춘'이라고 불러요. 저는 귀농해서 삼춘 부자가 되었습니다). 한라봉 가격이 한없이 떨어진 데다, 풍년이어서 물량이 넘쳐났죠. 그러니 상인들도 제값에 한라봉을 사 가지 않았어요. 수확을 앞두고도 팔 곳이 없으니 전부 따서 버려야 할 상황이었습니다.

　　윤택이 삼춘이 한라봉을 어떻게 키웠는지 이웃에서 지켜봐 왔던 저는 어떻게든 돕고 싶은 마음이 간절했어요. 보통 한라봉은 설을 앞둔 1월에 미리 따서 저장해놓고 판매하는데, 1월에 따면 신맛이 있고, 단맛이 덜할 때입니다. 3월이나 되어야 완전히 익어 단맛이 강해지는데, 윤택이 삼춘은 3월까지 한라봉을 따지 않고 나무에서 완전히 익을 때까지 기다렸습니다. 꿀에 담가놓은 듯 단맛이 오른 한라봉을 몽땅 버려야 한다고 생각하니 지켜보는 처지에서 너무 속상했죠.

친척과 지인들에게 선물할 생각으로 몇 상자 사고, 남편 지인들에게 선물할 용도로 구입하는 것도 한계가 있었어요.

좋은 방법이 없을지 고민하다가 결국 윤택이 삼춘 이야기를 제 블로그에 적어보기로 했습니다. 제 영농일지와는 비교도 안 되게 열심히, 정성껏 썼지만 사실 큰 기대는 하지 않았습니다. 이웃 수도 적었고 블로그에 큰 애정도 없을 때라 가끔 일기나 올리는 '별거 없는 블로그'였기 때문이었죠. 더도 말고 덜도 말고 30박스만 팔리면 좋겠다고 생각했습니다.

그런데 간절한 제 마음이 통했던 건지 윤택이 삼춘네 이야기가 세상 밖으로 퍼지기 시작했습니다. 이웃들이 제 글을 공유해주고, 이웃의 이웃들이 다시 이야기를 공유하는 상황이 이어졌어요. 30박스가 목표였는데, 결국 천 평짜리 하우스에서 자란 한라봉이 모두 판매되는 놀라운 일이 벌어졌습니다. 홈쇼핑에서나 보던 '매진', '완판'을 제가 해낸 거였죠.

일주일 동안 밤을 새우다시피 하며 저는 송장을 입력하고, 윤택이 삼춘은 한라봉을 따서 포장하는 일로 바삐 보냈습니다. 완판이라니! 생각할수록 놀랍기만 해서 피곤한 줄도 몰랐습니다. 저에게 돌아오는 수입은 한 푼도 없었지만 중요하지 않았어요.

정신없이 출하를 마치고, 기쁘고 얼떨떨한 감정이 어느 정도 잦아들자 이번엔 미친 듯이 걱정이 밀려왔습니다. 저를 믿고, 농부의 땀을 믿고 구매해준 분들인데 한라봉이 입맛에 안 맞으면 어쩌지? 상한 게 들어가면 어쩌지? 배송과정에서 사고는 없겠지? 온갖 걱정이 시작된 것이었죠. 판매 글은 제가 올렸지만, 수확과 포장은 윤택이 삼촌네서 한 거라 더욱 걱정이 클 수밖에 없었어요.

아니나 다를까, 며칠이 지나자 제 전화기에 불이 나기 시작했습니다. 뼛속까지 내향인인 저는 전화보다 문자가, 문자보다 무소식이 편한 사람이었어요. 전화벨이 울리면 심장부터 콩닥대던 저였는데, 그런 제게 쉴 새 없이 전화가 오자 패닉에 빠질 지경이었습니다.

'배송이 안 됐나? 혹시 한라봉이 터졌나? 맛이 없나?' 별별 상상을 하며 전화를 받았습니다.

> *"한라봉 산 사람인데요, 너무 맛있어서 좀 더 구할 수 있*
> *을까요?, 부모님 댁에도 보내고 싶은데 판매 끝났나요?,*
> *한라봉 너무 달고 맛있어요. 담에 또 구입할게요!"*

예상 밖의 반응에 가슴을 쓸어내렸습니다. 그러다가 생각했어요. 어디에 내놔도 부끄럽지 않을 한라봉을 팔아놓고 무슨 걱정을 하는 거지? 죄지은 것도 없는데 왜 이렇게 마음 졸이고 있지?

좋은 물건을 팔아놓고도 걱정만 하며 자신 없어 하던 제가 참 바보같이 느껴졌습니다.

완판의 여왕에서
소통의 여왕으로 ————

어렵다고 여기던 일도 한두 번 해보니 점점 자신감이 붙었습니다. 사람들과 소통하는 일에 일방적으로 거부감을 가졌던 저였는데, 사람들은 이유 없이 저를 싫어하지 않는다는 걸 옥수수 환불 사건과 한라봉 완판 사건을 통해 깨닫게 됐죠.

그 일을 계기로 처음엔 쑥스러웠던 블로그 이웃 신청도 점차 자연스러워졌어요. 저는 소소한 일상을 공유하며 사람들 곁으로 다가가기 시작했습니다. 처음엔 좀 더 '괜찮아 보이는 모습'을 보여주려고 노력했지만 온종일 밭일을 하는 제가 그런 게 있을 리가 없었어요. 결국엔 매일 마주하는 하늘과 구름, 귤 따는 아이들, 태풍으로 날아간 창고 지붕을 고치는 남편 모습 등을 공개하게 됐습니다.

"보기만 해도 힐링, 오늘도 충전하고 갑니다!"

시골 아줌마의 흔한 일상을 올리면 도시에서는 볼 수 없는 그림이라며 농사짓는 저를 부러워했어요. 저의 일상을 특별하게 봐주는 사람들이 생기자 존재감이 싹트고 자존감이 자라는 느낌이었습니다. 제주에서 흙 만지며 살게 된 후로 한동안 잃어버렸던 감정이었어요.

더 열심히, 더 꾸준히 제 일상을 공유했습니다. 댓글로 힘을 얻는 재미도 쏠쏠해서 잠도 줄여가며 부지런히 했던 것 같아요. 그러다가 어느 순간부터 '놀러 가고 싶어요', '귤 따기 체험 가능한가요?'라는 글들이 눈에 들어왔어요. 귀농 후에도 가끔 도시의 생동감을 그리워했던 저는 그 마음이 뭔지 알 것 같아서 웃어넘기곤 했습니다.

그런데 그런 댓글들이 점점 늘어나자 저와 남편도 좀 더 진지하게 고민하기 시작했습니다. 정말 사람들을 한번 초대해볼까? 생각하다가도 괜한 일을 벌이는 것 같아 관둬버리곤 했어요. 식구들이나 지인들이 잠깐 다녀가는 것도 이것저것 신경 쓸 게 많은데, 생판 모르는 사람들을 덜컥 불러서 뭘 어쩌겠다는 건지 엄두가 안 났거든요.

화장실도 세면대도 없고 편히 쉴 휴게실도 없다는 핑계를 댔지만, 사실 가장 큰 이유는 사람들 앞에 제 모습을 드러내는 게 자신 없었습니다. 말주변도 없고, 말끔한 차림으로 일하는 것도 아니어서 저를 보여주는 게 부끄러웠어요.

블로그에서 볼 때야 제 일상이 힐링이고 여유지, 실상은 밤낮 짠내 나게 일해야 하는 현실이라 제 밑바닥을 들켜버릴까 봐 걱정도 됐습니다.

그러던 어느 날 블로그로 인연을 맺은 이웃님이 제주에 왔다며 갑자기 연락을 해오셨어요. 평소에 너무 뵙고 싶었던 분이라 앞뒤 따질 겨를 없이 농장으로 초대해버렸습니다. 얼떨결에 외부인에게 귤 농장을 오픈하게 된 셈이었죠. 옷이라도 갈아입고 얼굴에 뭐라도 바르고 있어야 하나 잠깐 고민하다가 그냥 평소 모습대로 이웃님을 맞이했습니다.

그렇게 처음 뵌 분과 많은 이야기를 나눴는데 생각했던 모습과 똑같아서 좋다며, 제주 햇빛에 잔뜩 그을린 제 피부가 너무 건강해 보인다는 말을 해주셨어요. 진심이 느껴지는 말이어서 스스로를 초라하게 생각했던 제가 부끄러워지던 순간이었습니다.

결국, 그 이웃님의 첫 방문이 계기가 되어 농장 문을 활짝 열게 됐습니다. '귤따기 체험'을 시작하자 여기저기에서 많이들 찾아오시더니 급기야 하루에 20팀이 방문할 정도로 농장은 바빠졌어요.

점심 먹을 시간도 없어서 끼니를 귤로 해결하며 정신없이 보냈지만, 힐링을 찾아온 분들의 웃음소리를 듣고 있으면 추위도 배고픔도 사라지고 행복한 마음만 들었습니다.

"귤을 많이 드셔서 그런가, 표정이 귤처럼 상큼해요!"

예전의 저였다면 손사래 치며 부인하느라 바빴겠지만, 언제부턴가 농담도 유연하게 받아들이는 넉살도 생겼습니다. 사람 만나는 게 두려워서 전화도 제대로 못 받던 저에겐 엄청난 변화였어요.

한번은 '제주 한 달 살기'를 마치고 집으로 돌아가기 전날 농장에 방문한 분들이 있었습니다. 나이 지긋한 노부부였는데, 제주에 와서 일주일은 관광지를 다니며 여행을 즐겼지만, 나머지 3주는 숙소에서 무료한 시간을 보냈다고 하셨어요. 제주에서 관광 말고도 할 수 있는 게 있을 텐데, 결국 찾지 못하고 집으로 돌아가기 직전에야 저희 농장을 알게 됐다고 했습니다.

그분들은 반나절 동안 노동에 가까운 체험을 하셨는데, 표정만은 너무 행복해 보여서 말리기도 뭣한 상황이었어요. 제 눈엔 노동처럼 보이던 체험을 마치고는 '진작 알았더라면 농가에 일손도 보태고 자신들도 덜 심심했을 거'라며 무척 아쉬워하셨습니다. 그러고는 다음 해를 기약하며 농장을 떠나셨죠.

그분들을 보면서 제주에 온 분들이 좀 더 의미 있는 시간을 보낼 수 있는 제대로 된 공간을 만들어보고 싶었습니다. 1시간가량의 일회성 체험도 중요하지만, 농장에 방문한 분들이 더 깊이 있게 제주를 느끼고, 좋은 기억만 갖고 돌아간다면 저도 행복할 것 같았거든요.

결국 감귤창고를 정리해서 체험 온 분들이 쉴 수 있도록 난로를 들이고, 아이들이 놀 수 있는 공간도 만들었습니다. 방문한 분들이 한두 장씩 가져갈 수 있게 기념엽서를 쌓아두니 어느 순간부터 엽서가 방명록이 되어 창고 벽면에 차곡차곡 붙기 시작했어요. 일하다가 잠시 쉴 때면 체험 오신 분들이 남기고 간 온기 가득한 글들을 읽으며 힘을 내곤 했습니다.

그중엔 '농장 할아버지가 너무 친절하다'는 인상적인 글도 있었는데, 농장 할아버지가 누굴 말하는 건지 알 수 없어서 저와 남편은 한동안 의아했습니다. 얼마 못 가 '농장 할아버지'가 남편을 말하는 거였다는 걸 알고 한참을 웃기도 했어요.

40대 중반인 남편은 항상 모자를 쓰는데, 모자 바깥으로 삐져나온 흰 머리 때문에 언제부턴가 '할아버지' 소리를 듣기 시작했습니다. 처음엔 속상해하던 남편도 점점 그 상황을 즐기며 웃어넘기는 경지에 이르렀죠.

도시에 살 땐 매일 술에 쩔어 들어오던 남편과 부부싸움을 하느라 바빴는데, 귀농 후엔 가장 친한 친구가 된 기분입니다. 같이 있는 시간이 길어지다 보니 대화도 많아지고, 사소한 일에도 함께 웃을 일이 많아졌죠.

농장을 찾아온 낯선 사람들과 대화하는 것도 점점 자연스러워졌습니다. 블로그 이웃들과 체험 온 분들을 만나며 크게 느낀 점도 있는데, 사람들은 제가 뭘 입고 뭘 신고 있는지 전혀 관심이 없다는 거였어요. 귤이 달면 행복해하고, 농부 체험을 신기해하고, 화목난로 앞에서 가족들과 보내는 시간에 의미를 두는 분들이었죠.

과거에 제가 뭘 하던 사람인지, 아이들은 공부를 잘하는지, 농장이 몇 평인지에 따라 저를 판단하고 태도를 바꾸는 사람들은 없었습니다.

결국, 전과 달라진 환경을 비교하고, 남들 눈에 초라하게 비춰질까봐 조바심 내던 건 저 자신뿐이었던 거죠.

재주껏, ─────

　　제주 라이프

　　시장에서 상추 천 원어치만 사도 봉지가 터지도록 담아주는데 굳이 밭에 쪼그리고 앉아 모종 심고 물주고 벌레 잡아가며 키울 필요가 있을까? 생각했습니다. 뱀이나 엄지손가락만 한 애벌레를 만날 때면 제대로 '현타'가 와서 농사고 뭐고 다 접고 싶었죠.

　　그랬던 제가 이제는 씨앗만 보면 땅에 심어볼 궁리부터 합니다. 아이들이 뱉은 수박씨, 옥수수 알갱이, 먹다 남은 참외씨…. 종류를 가리지 않고 '이걸 심으면 싹이 틀까? 안 틀까?'를 궁금해하죠. 어느새 시골 아낙이 다 되었습니다.

　　도시에 살던 모습은 온데간데없고, 옷차림은 늘 일 바지에 장화, 머리 스타일은 짧은 단발 아니면 더 짧은 단발, 기분 내키는 날에만 선크림을 발랐더니 얼굴은 까매지고 주름은 깊어졌습니다. 이런 제 모습을 오랜만에 보는 사람들은 하나같이 말합니다.

　　　　　"편안해 보여서 좋다."

마음에 여유가 생기자 가장 달라진 건 주변을 바라보는 저의 시선이었습니다. 귀농 초기엔 새벽 4시만 되면 경박하게 울리던 경운기 소리가 그렇게 거슬릴 수가 없었습니다.

어차피 그 시간에 나가도 일할 게 없는데 잠이나 더 자지 왜들 저러실까? 라고 생각했죠. 특히 겨울철엔 7시가 넘어야 어슴푸레 밝아져서 일을 시작할 수 있거든요. 그런데도 어르신들은 새벽 4~5시부터 과수원으로 나가 해가 뜨기를 기다립니다. 젊은 저는 처음엔 그걸 이해할 수 없었어요.

하지만 제주에 스며들어 어르신들과 부대끼며 지내다 보니 이제는 그 마음을 알 것도 같습니다.

자식들은 육지로 나가고, 배우자는 먼저 세상을 떠나고, 집에 있긴 썰렁하고. 밭에 나오면 말동무라도 있으니 꼭두새벽부터 찬 이슬을 맞으며 굳이 나오시는 겁니다. 사람에 대한 그리움인 거죠.

장작불 앞에서 몸을 녹이며 누구네 집 아들은 승진했고, 누구네 집 아이는 이혼을 했고, 누구네 집 아방(아버지)은 몸이 안 좋다는 동네 방송을 듣다 보면 금방 6시가 되고 금방 7시가 됩니다. 조금씩 눈에 감귤이 보이기 시작하면 그때부터 귤을 따기 시작하죠.

처음엔 그런 대화에도 끼지 못하고 '남들 일에 관심도 많다'라고 생각하던 제가 이제는 맞장구를 쳐가며 말벗이 되는 건 물론입니다.

동네엔 나이가 지긋한 어르신들이 많은데, 그중엔 농작물 판매경로가 아예 없는 경우도 있습니다. 그러다 보니 농장을 홍보해주겠다는 스팸 전화에 속아 수백만 원을 날리기도 하고, 애써 키운 작물을 통째로 중간

상인에게 넘겨버리기도 합니다. 그런 걸 보고 있으면 마음이 아파서 차라리 제가 작물을 대신 팔아드리고, 그 대가로 텃밭에서 자란 오이며 고구마를 얻어먹기도 합니다. 저희 밭에도 넘쳐나는 오이, 고구마지만 마음을 거절할 수 없어서 감사히 받죠. 도움 한 번 드리고 몇 번의 감사 인사를 받다 보면, 오히려 제가 얻는 게 더 많음을 느낍니다.

도시에 있을 땐 아이들이 학교에 가면 커피 한 잔 마시며 여유를 부리던 시간이 있었습니다. 그런데 지금은 커피는커녕 밤낮 쑥쑥 자라는 작물들을 돌보느라 몸이 열 개라도 부족할 지경입니다.

귀농을 꿈꾸는 대부분 사람들이 그렇듯 저도 귀농 전에는 아이들 다 키워놓고 늘그막에 시작하는 전원생활을 꿈꿨습니다. 하지만 6년째 농사를 지어보니 과거의 제 생각은 말 그대로 '상상'에 불과했다는 걸 깨닫는 요즘입니다.

농사는 나이 들어서 할 수 있는 게 아니라는 것을 실감합니다. 젊은 나이인 지금도 농사일이 어렵고 힘들다는 걸 매일매일 온몸으로 느끼고 있기 때문이죠.

그렇게 낮엔 열심히 일하고 밤이 되면 블로그 안에서 또 다른 이웃들을 만납니다. 몸 쓰는 일이 대부분인 농부라서 초저녁부터 잠이 쏟아지지만 늘 눈꺼풀과의 싸움에서 이기려고 애씁니다. 잠도 안 자고 글을 쓰거나, 책상에 엎드려 자다가 디스크까지 얻은 저를 보며 남편은 '그거 해서 무슨 부귀영화를 누리겠다고 목숨 거냐'는 걱정 섞인 잔소리를 하죠. 하지만 이웃님들의 응원 소리가 더 커서 남편의 잔소리는 귀에 들리지도 않습니다.

처음 블로그에 글을 쓸 때만 해도 제가 키운 농산물을 소개하는 게 왠지 모객행동인 것 같아서 불편하고 싫었어요. 그렇게 쓰는 글이 저한테나 브랜딩이지 다른 사람들 눈엔 하나도 안 궁금한 농촌 일기일 뿐이었을 겁니다.

그렇게 제가 우물쭈물할 때 먼저 다가와서 손 내밀어준 사람들, 평범한 제 일상을 힐링이라 말해준 사람들 덕분에 감귤창고는 문화공간이 되고, 뾰족했던 제가 둥글둥글 감귤 같은 사람이 됐습니다.

인생의 2막에서 엄청난 행운을 만난 저는 이웃들이 만들어준 문화공간을 더 잘 꾸며볼 계획입니다. 감귤창고 한쪽에 책과 커피머신을 들여 북카페처럼 꾸미고, 벽면엔 스크린을 설치해 영화를 볼 수 있는 공간도 만들어보고 싶습니다. 농촌과 도시를 연결하는 다리가 되어 1년에 한 번씩은 작은 파티도 열어 사람들을 초대하고, 제가 받은 위로와 긍정적인 에너지를 나눠볼까 합니다.

양상미입니다 ——————

04

정유진입니다

블로그
https://m.blog.naver.com/ceojinjin

·

인스타그램
https://www.instagram.com/ceojinjin

'휘둘리지 않을 자유'와 미니멀라이프를 추구하는 직장인입니다.

경제적 자유를 위해 돈 공부하고

자기계발 프로그램을 꾸준히 기획하고 운영하며

꽉 찬 24시간을 보내고 있습니다.

가장 나다운 삶이 무엇인지 끊임없이 고민하고
그 삶을 따라 가기로 결심했습니다.
그 누구의 인생도 아닌 온전히 나만의 귀하디귀한
인생이니까요.

스무 살에 겪은

인생 최대의 ———— '멘붕'

저는 어릴 때부터 스포츠를 아주 좋아했어요. 초등학교 때는 피아노 대신 태권도를 배웠고, 인문계 고등학교에 다니면서 합기도를 배우기도 했습니다. 운동하는 것도, 보는 것도 좋아해서 올림픽, 월드컵은 물론이고 중요한 국제 스포츠 경기는 시차와 상관없이 꼭 챙겨보는 소녀였습니다. 그런 성향 때문인지 어렸을 적부터 스포츠와 관련된 직업을 갖고 싶다고 막연하게 생각했어요.

그러던 어느 날 영화 <제리 맥과이어>를 보다가 '스포츠 에이전트'라는 직업을 알게 됐습니다. 정확히 어떤 일을 하는 건지 어떤 자질과 역량이 있어야 하는지 몰랐지만, 왠지 운명처럼 느껴져서 '저 일을 해야겠다고' 마음먹었죠. 그렇게 고2 때 체대를 목표로 진로를 바꿨어요. 체육대학 안에 스포츠 경영, 스포츠 마케팅 학과가 있다는 것을 알게 되었고 그 길을 가보기로 한 거였습니다.

고3이 되면서 전쟁이 시작됐습니다. 밤 10시까지 야자를 하고 체대입시학원으로 가서 달밤에 뜀박질을 한 뒤 자정이 넘어서 귀가하는 삶을 살았어요. 체대가 목표였지만 운동 전공이 아니어서 공부는 공부대로, 운동은 운동대로 해야 했습니다.

1년간 열심히 노력했고 결국 원하던 대학에 합격까지 했는데 문제는 그다음이었습니다. 합격 통보를 받고 엄마에게 소식을 알렸더니 그제야 어려워진 집안 사정을 얘기하며 지역의 국립대학이나 전문대학을 생각해보라고 하셨어요.

등록금이 어마 무시한 사립대학, 게다가 예체능. 경상도인 집을 떠나 자취까지 해야 했으니 거기에 드는 비용도 만만치 않았는데, 그걸 감당할 여유가 그때는 없었던 거였죠.

집안 형편이 어려워졌다는 건 눈치채고 있었지만 원하는 대학을 포기해야 할 만큼인 줄은 몰랐습니다. 어쩌면 모르는 척했다는 게 맞을 거예요. 나름 부족함 없이 부유하게 살아왔는데 아빠의 사업이 어려워지면서 고등학교 때 집안 형편이 기울기 시작했습니다. 하필 사춘기 때 느닷없이 찾아온 가난이 낯설어서 애써 외면하며 지냈는데, 그날 제대로 알게 된 거였죠. 제 체대입시학원비와 용돈 등이 마이너스 통장에서 나오고 있었다는 걸.

미안해서 어쩔 줄 몰라 하는 엄마를 보자 마음이 흔들렸습니다. 그런데 인생의 새로운 시작점에서 원하는 것을 포기한다면 평생 후회할 것 같다는 생각도 들었어요. 너무 가고 싶은 학교였고, 고3 내내 입에서 단내가 나도록 노력한 게 아까웠습니다.

합격의 기쁨과 설렘에 취해 있어야 마땅한데, 모두 물거품이 될 수도 있다고 생각하니 답답했어요. 마치 날개가 꺾인 사람처럼 한동안 심하게 방황했습니다.

결국 '돈'이 문제였는데, 이걸 해결할 방법만 궁리했어요. 크게 상처받

거나 힘든 일 없이 살아와서 의지가 굳은 편은 아니었는데, 그때 처음으로 제 마음속에도 '오기'가 있다는 걸 느꼈습니다. 그렇게 몇 날 며칠을 학교에 갈 방법을 고민하고, 나름대로 플랜을 짜서 부모님께 당당히 선언(?)했어요.

- *4년 동안 장학금을 받겠다.*
- *성적을 유지해서 기숙사 생활을 하겠다.*
- *생활비는 벌어서 쓰겠다.*
- *한 학기라도 장학금을 놓치면 휴학하고 등록금을 벌겠다.*

결국, 부모님의 허락을 받아낸 저는 비장한 각오로 집을 떠나 낯선 곳에서 새로운 시작을 했습니다. 원하던 대학에 갔고, 무사히 입학식을 마쳤고, 그리고 2주 만에 깨달았어요. 제가 잘못 왔다는 걸. 여긴 꿈을 이뤄줄 곳이 아닌 생지옥이라는 걸….

대학에서 처음 배운 건 '대가리 박아'였어요. TV에서나 보던 해병대 체험을 대학까지 가서 하게 될 줄은 몰랐습니다. 단지 스포츠경영학과에서 스포츠 마케팅을 배우고 싶었을 뿐이었는데, 모든 게 잘못 흘러가고 있다는 생각이 들었습니다. 체대의 세계는 상상 이상이었고, 인생 최대의 '멘붕'이 매일매일 찾아왔어요.

선배들은 하루가 멀다 하고 신입생들을 불러서는 기합을 주고 머리에서 발끝까지 통제했습니다. 옷은 흰 티와 청바지, 겉옷은 검은 점퍼로 통일, 그 외에 다른 옷은 일체 금지. 화장은커녕 액세서리도 착용 금지, 심지어 앞머리를 내리는 것도 허용되지 않았어요. 한참 꾸미기 좋아할 스무 살에 맨 얼굴에 긴 머리를 댕강 묶고 앞머리를 실핀으로 올리고 다녔습니다. 모든 자유가 철저히 배제되던 체대. 그곳에서 난생처음 모든 걸 억압당해본 터라 정신은 늘 안드로메다로 가 있었고 '내가 왜 이러고 사나'라는 생각만 끊임없이 들었습니다.

개뼈다귀 같은 '규칙'을 원망하며 밤마다 눈물을 쏟는 날이 이어졌어요. 밤에 몰래 숨죽여 울다가도 선배들이 호출하면 그게 몇 시든 기숙사 옥상으로 모였습니다. 그렇게 모여서 하는 일이라고는 차디찬 시멘트 바닥에 머리 박기.

통학하는 아이들은 수업이 끝나고 집으로 돌아가면 그만이었지만, 저 포함 기숙사 생활을 하는 친구들은 그야말로 선배들의 '봉'이었습니다. 시도 때도 없이 불려 다니며 욕먹고 기합받기 바빴어요. 태어나서 처음으로 죽고 싶다는 생각이 들었지만 제대로 저항 한번 해보지 못했습니다.

'여태껏 당연히 이어져 온 관습'이라는 게 이유였습니다. 마치 호된 시집살이를 당한 시어머니가 며느리에게 똑같은 악행을 되풀이하는 것처럼, 선배들은 이해하기 힘든 만행들을 일삼았습니다. 부당함을 못 견디고 자퇴하거나 휴학한 아이들은 곧바로 '부적응자'라는 낙인이 찍혔어요. 백번 생각해도 이해하기 힘든 상황이었지만 저는 모든 것들을 받아들일 수밖에 없었습니다. 부모님과의 약속이 있었으니까요.

아득바득 우겨 선택한 길인데 포기하고 집으로 돌아갈 수가 없어서 이를 악물고 버텼습니다. 스트레스가 심해지니 악몽에 시달리는 날도 많아졌어요. 장학금을 못 타는 꿈, 등록금을 못 내서 휴학하는 꿈, 엄마가 실망하는 꿈…. 그런 꿈을 꿀 때마다 피 터지게 공부했습니다. 체대 특성상 좋은 성적을 받는 건 어렵지 않았지만 다른 학과 학생들과 경쟁해야 하는 교양 수업은 만만치 않았어요. A+을 놓치면 장학금이 날아갈 수도 있다는 생각에 스스로를 더 몰아붙였습니다.

결국 저는 4년 내내 장학금을 놓치지 않았고, 기숙사에서도 쫓겨나지 않았어요. 이때 경험한 성취감, 할 수 있다는 자신감, 그 어떤 어려움에도 굴하지 않는 강인한 정신력, 부모님과의 약속을 지켰다는 뿌듯함은 제 인생에 아주 큰 영향을 주었습니다.

하지만 평생 지우기 힘든 트라우마를 남긴 시간이기도 했습니다. 낯가림 없고, 당당하고, 할 말은 하던 제 모습은 4년 만에 온데간데없이 사라져버린 것이었죠. 자유를 빼앗기고, 부당한 걸 부당하다고 말하지 못하고 살았더니 어느 순간부터 저도 모르게 눈치를 보고, 다른 사람들 시선을 의식하고, 남들 평가에 휘둘리는 사람이 되어 있었습니다.

동전만 한

땜통 ——— 두 개

　　4년간 온갖 고생을 하며 지킨 전공을 살려 첫 회사에 입사했지만 3년 만에 퇴사했습니다. <제리 맥과이어>의 제리처럼 고군분투해도 영화와 현실은 다르다는 것, 제가 '운명'처럼 느꼈던 직업은 한국의 현실 속에서는 존재하지 않는다는 사실을 깨닫게 됩니다.

　　무엇보다 더 이상의 희망과 성장 가능성이 보이지 않던 회사라 퇴사를 결심할 수밖에 없었습니다.

　　퇴사 후 얼마간은 모처럼 찾아온 자유를 만끽했고, 그 후엔 쉽사리 늘지 않는 영어를 붙잡고 시간을 보냈어요. 첫 회사에 다니면서 영어를 좀 더 잘하고 싶다는 생각을 줄곧 했었거든요. 나아가 해외 인턴십을 통해 큰 세상으로 이 한 몸 던져 보고 싶다는 마음을 품게 되었죠. 그러나 실상은 아무것도 확정된 게 없는 '백수'여서 불안함만 커지던 시기였습니다.

　　그러던 어느 날 친언니가 다니던 회사의 대표님으로부터 뜻밖의 연락이 왔어요.

　　　"유진 씨! 잘 지내죠? 이번 주에 시간 되면 밥 한 끼 같이 해요."

제 언니는 집 근처에 있는 무역회사에 다니고 있었는데, 회사 규모가 작아서 모든 직원이 가족같이 지냈습니다. 저도 오며 가며 대표님을 뵌 적이 있었는데, 그때마다 밥도 사주시고 여러 가지 조언도 해주시던 다정하고 좋은 분이셨어요.

얼마 후 대표님과 만나 식사를 하는데 전임자의 급작스러운 퇴사로 인해 사람이 필요하니 회사에 입사해서 같이 일해 볼 생각 없냐는 의외의 제안을 하셨어요. 제가 해외 인턴십 준비 중이라는 걸 언니에게서 들었다며, 인턴십의 목적이 영어를 잘하기 위함이라면 실무에서 영어를 익히는 게 어떻겠냐고 말씀하셨습니다. 생각지도 못한 제안에 어안이 벙벙했습니다.

무역과 관련 없는 전공에 회화능력도, 실무경험도 없는 제게 왜 이런 말씀을 하실까? 아무리 생각해도 이유를 알 수 없어서 고심할 수밖에 없었어요.

게다가 원자재를 수입하는 해외 영업팀이었기 때문에 실무 지식은 물론 언어능력이 필수라고 생각돼서 더욱 망설여졌습니다. 일단 입사해서 일하다가 도저히 적성에 안 맞거나 힘들면 그때 포기할까 생각했지만, 그마저도 쉽지 않을 것 같았어요. 만약 입사하게 된다면 언니와 한 회사에서 근무하게 되는 건데, 제 기분대로 행동한다는 건 상상도 못 할 일이었거든요. 언니에게 민폐를 끼치고 싶진 않았습니다.

혼자 고민해 봐도 뾰족한 수가 떠오르지 않아 결국 언니와 상의했는데, 언니는 대수롭지 않게 '마음 가는 대로 하라'고 했어요. 언니는 부산 본사에서 저는 서울 지사에서 근무하게 될 테니 마주칠 일도 없거니와, 어차피 해외 인턴십을 마치고 돌아와도 영어를 활용할 수 있는 회사에 취직

할 텐데 어쩌면 좋은 기회일지도 모른다고 했습니다.

'기회일지도 모른다'라는 언니의 말에 결국 용기를 내보기로 했습니다. 아무것도 준비된 건 없었지만, 제게 그런 제안이 왔을 땐 뭔가 이유가 있을 거라고 생각했어요(나중에 대표님께 이유를 물어보니 제가 낯가림 없고 긍정적인 성격이라 좋았다고 하셨어요). 그렇게 저는 긴 고민 끝에 원자재를 수입하는 무역회사의 신입사원이 되기로 했습니다.

입사를 일주일 앞두고 마음이 초조했습니다. 명색이 해외 영업팀 소속인데 '영어에 대한 두려움' 때문에 불안해서 밥도 넘어가지 않았어요. 뭐라도 해야 할 것 같아서 비즈니스 영어책을 사서 달달 외우는가 하면 하루 종일 컴퓨터 앞에 앉아 영문 자판을 익히며 시간을 보냈습니다.

눈 깜짝할 새에 일주일이 지났고, 출근을 했고, 인사가 끝나기 무섭게 인수인계가 시작됐습니다. 전임자가 최대한 빠른 퇴사를 원해서 일주일 안에 인수인계를 마쳐야 했어요. 무역의 'ㅁ'도 모르는 제가 설명 한 번 듣는다고 알아들을 리 없었지만 인수인계는 종일 이어졌습니다. 하얀 건 종이요, 검은 건 영문인 서류를 붙들고 귀에 들어오지도 않는 용어들을 온종일 듣고 있자니 미칠 노릇이었어요. 게다가 수시로 걸려오는 전화를 능숙한 영어로 받는 전임자를 보고 있자니 덜컥 겁이 났습니다.

'지금이라도 못하겠다고 할까? 역시 인턴십을 가는 편이 나았어. 언니한테는 뭐라고 하지?'

귀로는 무역용어를 듣고 머릿속으로는 딴생각을 하며 하루 이틀 견디다 보니 어느새 전임자는 퇴사한 후였고 제가 그 자리에 앉아 삐걱삐걱

일을 하고 있었어요.

알수록 어려운 업무였지만 잘 배워놓으면 커리어를 쌓을 수 있을 거란 기대감도 들었습니다. 하지만 그만큼 감내해야 하는 고통도 컸어요.

전화벨이 울리면 혹시나 해외인가 싶어서 극도로 긴장했고, 영어로 말할 때면 모든 직원이 귀를 쫑긋 세우고 통화 내용을 듣는 것 같아서 불안했어요.

보는 사람이 없을 때는 부족한 영어 실력으로도 잘만 대화하던 저였는데, 영어 잘하는 사람들이 사방에서 지켜본다고 생각하니 그나마 알던 영어도 자꾸 꼬여서 머릿속이 하얘지기 일쑤였습니다.

게다가 전임자는 국내 명문대를 졸업하고 해외에서 살다 온 능력자! 애초부터 비교 대상이 될 수 없었지만 다른 사람들이 뒤에서 수군댈까 봐 온갖 상상의 나래를 펼치며 스트레스에 시달렸습니다.

신입 사원에게 가장 무서운 건 남들 시선이었어요. 제 말과 행동이 하나하나 평판으로 쌓이고, 잘못하면 언니까지 사람들 입에 오르내릴 수도 있다고 생각하니 너무 힘들었습니다.

그렇게 3개월이 지나니 몸이 먼저 반응하더군요. 기분 전환도 할 겸 오랜만에 미용실에 갔는데 미용사가 제 머리카락을 요리조리 들춰보다가 '스트레스 받는 일이 있냐'고 물었어요. 동전만 한 원형탈모가 두 군데나 있다고.

3개월 간 하루도 마음 편할 날 없이 지낸 대가가 땜통이라니. 심각한 일임에도 피식 웃음만 나왔습니다. 정말 힘들었긴 힘들었구나. 3개월 동안 정말 잘 버텼다. 마음속으로 토닥토닥 스스로를 다독였어요.

그렇게 원형탈모까지 얻어가면서 두 번째 회사에 적응하고 있었습니다.

오버하면
———————— 생기는 일

    딱 3개월만 버텨보자! 생각했던 일이 6개월이 됐고, 6개월을 버티니 1년을 버틸 힘이 생겼습니다. 그렇게 입사 1년이 지나자 작은 실수에도 쩔쩔매고 안절부절못하던 모습을 조금은 지워나갈 수 있었습니다. 그럼에도 부족하다는 생각에 스스로 자처하여 업무시간을 늘렸어요.

    자정이 되도록 야근하는 건 물론, 일이 없어도 회사에 남아 업무 관련 리포트를 챙겨 읽었습니다. 누구 하나 붙잡아두지 않았지만 매 순간 스스로 부족하다고 느껴서 남들보다 두세 배 더 노력했어요. 대학 다닐 때 4년 내내 장학금을 받으며 조기 졸업까지 이뤄냈던지라 '노력은 배신하지 않는다'는 걸 이미 깨달았던 저였습니다. 그래서 더 밤낮 가리지 않고 일에 매달리게 됐죠.

    그렇게 시간이 흘러 회사에서도 인정받는 반열에 오르자 그간의 고생이 엄청난 성취감으로 돌아왔습니다. 직장인이 회사에서 인정받는 것 말고 더 좋은 일이 있을까요? 불가능할 것 같던 일을 해내고 좋은 인사고과를 얻는 것보다 더 큰 환희는 없다고 생각했습니다. 적어도 그때까지는요.

    그때부터였습니다. 회사에 저를 '갈아 넣기' 시작한 게. 점점 회사가 제 삶의 전부인 듯, 회사가 곧 나인 듯 굴기 시작했습니다.

해외에서 원자재를 수입하다 보면 하루가 멀다 하고 일이 터집니다. 날씨나 국가 상황에 따라 비행기와 배가 안 뜨기도 해서 선적일을 어기는 건 예삿일이고, 기껏 도착한 제품이 포장 불량이거나 함량 미달일 때도 잦습니다.

국내에서야 급하면 퀵 서비스를 부르고 밤을 새워서라도 다시 포장하면 되지만, 거래처가 해외에 있다 보면 상황이 많이 달라집니다. 국내에서는 '고작'으로 여겨지는 일들도 '대형사고'가 되는 거죠.

저는 늘 그런 사건사고와 싸워야 해서(물건을 사고 수습하는 것까지 제 담당이었기에), 항상 긴장 상태로 살다 보니 스트레스가 컸습니다. 하루 중 가장 두려운 시간이 출근해서 메일을 확인하는 순간이었어요. 밤새 벌어진 일들을 제가 완벽히 수습해야 한다는 부담감이 앞섰기 때문입니다. 회사에 발생하는 모든 문제가 제 문제라고 생각했기에 더 그랬던 것 같아요.

그러다 한번은 대형 클레임이 터진 적이 있었어요. 금액으로 따지면 1억에 달하는 손실이 발생할 판이었고, 입사 4년 차 대리였던 제가 수습할 수도, 심지어 제 담당도 아닌 클레임이었습니다. 그런데 회사에 그런 일이 생기자 잠을 잘 수가 없었어요. 불면증이라고는 모르고 살던 사람이 난생처음 불면증에 시달렸습니다. 심지어 퇴근 후에도, 주말에도 클레임 생각으로 하루하루를 제대로 망치며 살았죠.

지금 생각하면 그렇게 신경 쓴다고 해결될 문제도 아니었는데 모든 게 제 책임인 것처럼 스스로를 못살게 굴었습니다.

그 클레임을 지켜보며 회사에 이런 일이 안 생기게 하려면 제 능력을 더 키워야 한다고 생각했어요. 회사를 생각하는 마음이 애사심을 넘어 점점 집착 수준으로 변했습니다.

해외 영업팀에 기여할 방법은 역시 영어밖에 없다는 생각에 쉬지 않고 일을 벌였습니다. 사실 업무에 지장을 줄 정도로 형편없는 실력은 아니었지만 '나는 회사의 얼굴이다, 회사는 곧 나다'라고 생각하니 자꾸 욕심이 생겼습니다. 좀 더 유려한 어법, 자연스러운 발음, 전문적인 표현으로 저를 포장하고 싶었어요.

하지만 영어학원을 다닐 시간도 없고, 혼자서 공부하는 것도 한계가 느껴졌어요. 집중력까지 떨어져서 책 펴면 책상 정리하고 싶고, 정리가 끝나면 평소에 방치해 뒀던 블로그나 SNS를 열어 일기를 끄적이며 시간을 허비했습니다. 그렇게 쓸모없는(?) 짓을 하고 나면 어김없이 자기반성 시간을 가지며 끊임없이 자책했죠.

정말 영어가 암세포처럼 느껴졌어요. 영어와 저는 떼려야 뗄 수 없는 관계라 어떻게든 극복해야 하는데, 절대 만만치 않은 적처럼 여겨졌습니다. 그럼에도 동영상 강의며 전화 영어 등을 꾸준히 시도해봤지만 얼마 못 가 이런저런 핑계를 대며 슬그머니 제 자리로 돌아오기를 반복했습니다.

꾸준히 공부할 수 있는 장치가 필요했어요. 그러다가 좋은 아이디어라고 떠올린 것이 '선언하기'였습니다. 블로그에 '나 영어 공부 하겠다!'고 공개선언을 한 거죠. 그것도 모자라서 함께 할 사람들까지 모아야겠다고 생각했습니다. 누군가와 같이한다면 민망해서라도 도중에 포기하는 일은 없을 것 같았거든요.

사람을 모으고, 꾸준히 하려면 어지간한 기획으론 안 될 것 같아서 대규모 프로젝트를 겁도 없이 구상했어요. 그렇게 탄생한 게 <애니메이션

'라푼젤' 뽀개기>였습니다.

218회분의 영어 애니메이션 '라푼젤' 영상을 일주일 동안 스터디하고 인증까지 하는, 1년 가까이 걸리는 대장정이었어요. 새벽 5시에 기상해야 하는 '빡센' 옵션도 제 손으로 추가했습니다. 매일 공부해야 할 분량의 영상과 스크립트를 스터디원들에게 매일 새벽 5시에 제공하겠다는 약속을 해버린 거죠.

의지박약인 제가 스스로 시스템을 만들어서 그 속에 몸을 구겨 넣은 겁니다. 1년 가까이 새벽 5시에 일어나서 프로그램을 진행한다? 직장인으로서 정말 쉽지 않은 일이었지만 그걸 하겠다고 자진해서 손을 든 것이었죠. 그렇게 저는 돌이킬 수 없는 강을 건너고 말았습니다.

온종일 회사에서 전쟁같이 일하고, 퇴근해서는 다음 날 올릴 영상을 준비하고, 영어 공부하고, 인증하고…. 그렇게 살다 보니 어느 순간 체력이 떨어져서 눈앞이 노래졌다가 까매졌다가 하얘지는 다채로운 세상도 만날 수 있었어요.

난생처음 '하혈'도 경험할 수 있었습니다. 그마저도 처음엔 '그럴 수 있지'하며 버티다가 출혈이 심해져서야 겁에 질려 산부인과로 달려갔습니다. '과로와 스트레스로 인한 부정 출혈'이라며 마음 편히 안정을 취하라는 처방을 받았지만 그때의 저를 누가 말릴 수 있었을까요?

의사의 말은 귓등으로 듣고 체대에서 쌓은 정신력과 깡으로 꿋꿋이 버텼습니다. 쉽게 포기하거나 나약한 사람들을 '부적응자'라고 표현하던 선배들. 그들을 욕하면서 저도 모르게 그 말에 세뇌되어 있었나 봅니다.

결국 위까지 망가뜨리고(?) 나서야 저의 폭주는 잦아들었어요. 어느 날부턴가 소화가 안 되기 시작하더니 음식은커녕 물만 마셔도 토하는 사태가 벌어졌습니다. 그동안 제가 스스로 한 짓이 있으니 위암에라도 걸린 게 아닐지 무척 겁이 났어요. 병원에 가서 위내시경과 대장내시경을 받았는데 다행히 건강에는 이상이 없었고 스트레스가 원인이었습니다.

그때 느낀 공포감을 어떻게 표현할 수 있을까요? 검사를 앞두고 불안에 떨었던 심정은 세상의 어떤 단어를 끌어와도 표현할 수 없을 것 같습니다.

그렇게 몇 번의 무서움을 겪고서야 저를 조금씩 들여다보기 시작했습니다. 일에만 몰두한 나머지 내 몸 망가지는 것도 모르고 사는 게 잘하는 건지, 남에게 인정받는 게 그토록 중요한지, 많은 생각을 했던 시간이었습니다.

오랜 짝사랑을
끝내기로 ——— 했다

생각한 것을 행동하는 건 말처럼 쉽지 않았습니다. 건강을 잃었을 때, 나를 보살피며 살자고 그렇게 다짐했건만 웬만큼 살만해지니 다시 일중독자로 돌아갔습니다.

저는 '모두가 행복한 회사'(제가 다니는 회사의 사훈입니다)에 매일같이 출근해서 정말 열심히 일했습니다. 그런데 제가 그토록 사랑하는 회사가 큰 위기에 빠지는 사건이 일어났어요.

나름 탄탄한 중소기업이었는데, 여러 건의 자금 사고가 거짓말처럼 하루아침에 터진 것이었습니다. 50억이 넘는 금액이 갑자기 증발하자 회사는 초유의 자금난에 빠졌고, 해외에서 물건을 사 올 수가 없으니 모든 업무가 올 스톱! 아무것도 할 수 없는 상황이 되었습니다. 잘나가던 회사가 하루아침에 없어질 위기에 처한 것이었죠.

결국, 경영진들의 고심 끝에 회사는 법정관리에 들어갔고, '앞으로 어떻게 될지 모르니 우선 전원 사표를 쓰라'는 공지가 내려왔어요.

지금이야 쉽게 이야기할 수 있는 무용담이 되었지만, 그 당시엔 감당하기 힘든 어마무시한 일이었습니다. 한 가정의 가장이 대책도 없이 밥줄이 끊기게 된 것은 물론이고, 가장이 아니더라도 저마다 자기 삶을 책임 지던 사람들이 하루아침에 실업자가 될 상황이었습니다.

열정과 애정을 쏟아부은 회사를 한순간에 잃는다는 건 상상할 수도 없었어요. 그간의 노력과 시간이 달랑 종이 한 장으로 무의미해진다는 사실이 믿기지 않았습니다.

저 포함 회사 사람들 전부가 사표는 썼지만, 그대로 포기할 수는 없었습니다. 어떻게든 회사를 살려내려고 초유의 힘을 발휘하며 저마다의 일을 묵묵히 수행했어요. 야근을 밥 먹듯이 하고 늘어난 업무량에 극한 피로감을 호소하면서도 딱 하나, '회사의 회생'만 바랐습니다. 나의 안위야 어찌됐든 회사를 살리는 게 우선이었어요. 저는 그해 결혼을 준비 중이었는데 회사 일이 너무도 위급하게 돌아가자 결혼까지 1년을 미루기도 했습니다. 제 인생의 1순위가 일과 회사였던 거였죠.

그렇게 법정관리를 거치는 동안 연봉이 동결되고, 복지 및 인센티브는 커녕 더 많은 일에 치여 허우적댄 끝에 회사는 다행히도 까만 어둠의 터널을 벗어나게 되었습니다.

전 직원이 한마음으로 애쓸 수 있었던 건 '희망과 기대감' 때문이었습니다. 힘든 시간이 지나면 장밋빛 미래가 오리라는 기대감으로 힘들고 어려운 일도 마다하지 않았던 거죠.

하지만 회사 입장은 사뭇 달랐습니다. 회사가 어느 정도 안정기에 접어들면 직원들이 애쓴 만큼의 보상을 하겠다고 했으나 미뤄졌고 '또 다시 이 위기만 넘기면…'이라는 핑계 뒤로 숨어 버리곤 했습니다.

물론 회사와 직원들 사이에는 엄연히 입장차이가 존재합니다. 그러나 그 당시의 아쉽고 서운한 마음은 쉽사리 위로가 되지 않았어요. 온 힘을 다해 큰 고비를 함께 견뎌냈으나 회사와 직원 간의 유대가 깊어지기는커녕 서로 간의 괴리감만 커진 꼴이 된 것 같아 씁쓸했습니다.

결국 몇몇은 회사를 떠났고, 남겨진 사람들은 다시 일상에 적응했습니다. 그 상황을 지켜보면서 마음이 복잡했습니다. '직장인의 삶'이 얼마나 유약한지, 얼마나 쉽게 꺾일 수 있는지…. 그런 생각이 들자 처음으로 회사를 향한 저의 일방적인 짝사랑을 이제는 끝내야 하는 게 아닌가 하는 생각이 들었어요.

제아무리 회사를 죽도록 사랑한들 회사는 나를 사랑하지 않는다는 것을, 그리고 절대 제 삶을 온전히 책임져 주지 않는다는 것을 처음으로 깨달았기 때문입니다.

일중독 커리어우먼
죽이기

너무도 헌신했고 믿었던 회사에 적지 않은 실망감을 느끼게 되자 문득 예전 일이 떠올랐습니다.

첫 회사에서 만났던 팀장님은 늘 자신감 넘쳤고, 그 누구 앞에서도 주눅 들지 않던 분이었습니다. 같은 여자가 봐도 정말 멋진 커리어우먼의 표본이었어요. 체대에서 차곡차곡 짓밟힌 자존감으로 눈치나 보며 살던 제 눈에, 그분은 그저 연구대상이자 늘 궁금한 인물이었습니다.

그러던 어느 날 우연히 대화할 기회가 생겨서 물어봤어요. 그녀가 가진 자신감의 원천이 무엇인지.

답은 간단했습니다.

> "난 이 회사 아니어도 다른 데서 얼마든지 내 일을 할 수 있거든. 유진! 너도 회사에 너무 목매지 마. 네 능력을 키워. 그럼 당당하게 살 수 있어!"

회사가 인생의 전부인 듯 살았던 저는 그 말을 떠올리고 다른 동아줄을 찾아보기로 했습니다. 그런데 막상 뭔가를 시작하려고 해도 깜깜한 동굴 속에 갇힌 듯 암담한 마음만 들었어요. 할 줄 아는 건 일밖에 없던 일중독자의 삶에서 일을 빼려니 남는 게 없었던 거죠.

남들 눈에야 당당한 커리어우먼처럼 보였겠지만 실상은 회사 사람들 말고는 만날 사람도, 이렇다 할 취미도 즐기지 못하는 삶을 살고 있었습니다.

그 무렵 인터넷에서 '나이아가라 증후군'이라는 이야기를 접했어요. 인생을 강물에 비유한 내용이었는데 그 글을 읽는 순간 망치로 머리를 한 대 맞은 것 같은 기분이었습니다. 인생이라는 강물에 뛰어들어 '회사'라는 울타리 속에 모든 것을 맡기고 현실에 안주하며 둥둥 떠내려가고 있는 제 모습이 오버랩 됐거든요.

낭떠러지 폭포로 떨어지지 않으려면 더는 이대로 살아서는 안 되겠다고 생각했습니다.

회사와 분리된 삶, 회사 동료가 아닌 사람들과 만남, 시간과 공간 제약 없는, 온전히 몰입할 수 있는 나만을 생활을 꿈꿨고 그렇게 찾은 게 블로그에 글쓰기였어요.

이미 <라푼젤 뽀개기>로 블로그를 하고 있었고, 사람들과 소통하는 게 어느 정도 위안이 된다는 것을 경험했던 터라 좀 더 적극적으로 해보기로 했습니다.

회사에서 상사에게 깨지고 후배들에게 치여 마음 둘 곳 없는 날이면 어김없이 블로그에 감정을 쏟아냈습니다. 누가 읽든 말든 그건 중요하지 않았어요. 오로지 제 감정에 기대어 한 자 한 자 마음을 써 내려갔습니다.

그렇게 매일 한 편씩 길고 짧은 글을 블로그에 올리면서 '저'에 대해 알아가기 시작했습니다. 나는 어떤 사람인지, 뭘 좋아하고, 뭘 꿈꾸고, 뭘 두려워하는지…. 스스로에게 묻고, 생각하고, 대답하며 조금씩 마음속 이야기를 들었어요.

'쓰는 행위'에 은근히 치유 효과도 있어서 글을 쓸수록 나만 아는 상처가 조금씩 아무는 게 느껴졌습니다. 꾸준히 저를 괴롭혔던 불안감도 점차 사라지는 것 같았죠.

그렇게 몇 달이 흐르니 저 자신에게 던지는 질문 수준도 점차 높아졌습니다. 일에 치여 투정하는 내용만 가득했던 문장들은 점점 제 삶에 대한 고민과 방향을 찾는 글로 변하기 시작했어요.

급기야 제 인생에서 회사가 사라진다면 어떤 삶을 살고 싶은지 자문해봤죠. 당장은 아니더라도 언젠가 닥칠 상황이니 차근차근 준비해보자는 생각이었어요. 그제야 저도 잊고 있었던, 제가 좋아하고 꿈꾸는 것들이 보이기 시작했습니다.

읽고 쓰는 삶, 음악을 즐기는 삶, 원할 때 언제든 여행할 수 있는 삶, 회사가 아닌 곳에서 나의 잠재력을 시험해보고 도전하는 삶….

상상만 해도 마음이 설렜습니다. 일 말고 다른 걸 시도해보고 싶다는 욕구가 서서히 자라나게 된 것입니다.

'내 안의 잠든 거인'을
———— 깨우다

　　누군가 저에게 '한 문장으로 자신을 정의해보라'고 묻는다면 저는 스스럼없이 '눈치 보기의 달인, 주눅의 여왕, 예스맨'이라 대답할 정도로 자존감이 낮았습니다.

　그런 제가 <라푼젤 뽀개기>를 이끌며 듣던 말이 있었는데 '에너지 넘친다, 리더십 있다, 강단 있다' 같은 말들이었어요. 칭찬은 고래도 춤추게 한다고 그런 소리를 자꾸 들으니 제가 정말 대단한 사람이 된 것만 같았습니다. 명령어가 입력된 로봇처럼 더 에너지 넘치게, 더 리더십 있게, 더 강단 있게 행동하려고 노력한 건 물론이고요.

　회사 밖에서의 인정은 회사에서 인정받는 것과는 전혀 다른 성취감을 줬습니다. 저는 조금씩 자신감을 갖고 새로운 일을 벌이기 시작했어요.

　그렇게 시작된 게 두 번째 프로젝트였던 직장인 독서 모임이었습니다. 대상이 하필 직장인이었던 이유는, 제가 끊임없이 고민했던 문제를 다른 사람들과도 공유하고 싶었기 때문이었어요. 저와 같은 고민을 하는 사람들도 하루빨리 자기만의 해답을 찾기를 바랐습니다.

'너에게 회사 빼면 남는 게 뭐니?'

많은 직장인에게 이 질문을 하고, 생각을 공유해보고 싶었어요. 이 사람 저 사람 기웃대다가 흥미를 잃으면 떠나버리는 프로그램을 만들고 싶진 않아서 유료로 진입장벽을 쳤습니다. 다소 위험한(?) 도전이었지만 제 취지에 공감하고 함께 성장할 수 있는 사람들을 만나고 싶었어요. 공지글을 작성하고 발행을 누르기 직전까지 가슴이 콩닥콩닥 뛰었습니다. 내 의견에 반응하는 사람이 있을까? 한 명이라도 신청하는 사람이 있을까? 별별 생각을 다 하다가 마음을 비우기로 했습니다.

'안 되면 마는 거고, 한 사람만 와 주면 고마운 거고'

더도 말고 덜도 말고 '단 한 사람'만 답해주면 성공이라고 생각하니 마음이 한결 가벼웠습니다. 그 후로도 새로운 시도를 할 때마다 '한 사람'만 설득하자는 마음으로 도전하니 어렵게 느끼던 것도 스스럼없이 시도할 수 있었어요.

그렇게 저는 직접 기획한 직장인 독서 모임을 통해 또 다른 인연을 만나 소통하고 공감하며, 제 일상을 조금씩 특별하게 만들어 갔습니다.

매일 아침엔 긍정 메시지를 나누며 서로를 응원했고, 토요일 새벽엔 ZOOM에서 만나 토론 겸 수다를 떨며 서로를 위로했습니다. 날마다 제 안부를 묻고, 제 이야기를 들어주는 사람이 있다는 게 얼마나 큰 힘이 되는지 느낄 수 있었어요.

그러던 어느 날 다음에 볼 땐 '좀 더 특별한 모습으로 만나자'라는 이야기가 나왔어요. 그때 읽고 있던 책이 《시작의 기술》이었는데 "평소에 하지 않았던 것을 시도해보라"는 구절에서 힌트를 얻은 거였죠.

그렇게 일주일 뒤, 8명의 직장인이 화면에 등장할 때마다 우리는 웃음을 참을 수가 없었어요. 토끼 귀 헤어밴드를 한 사람, 사슴뿔 머리띠를 한 사람, 수건으로 양머리를 만들어 쓴 사람, 엄청 큰 꽃을 머리에 단 사람…. 늘 고달프고 빡빡한 생활을 해야 하는 직장인이지만 독서모임을 통해, 삶의 작은 이벤트를 통해 일상의 소소한 일탈을 경험할 수 있었습니다.

온라인 활동을 통해서도 저만의 장점인 성실함과 책임감이 잘 드러났는지 많은 분으로부터 함께 프로젝트를 해보자는 제안도 받았습니다.

지금은 블로그를 처음 함께 시작했던 분과 온라인 자기계발 프로그램을 기획하여 운영하고 있어요. 이름하여 인생 업그레이드 프로젝트!

이제는 저 자신의 자기계발을 넘어서서 다른 누군가의 자기계발을 돕는 사람이 되었어요. 프로그램을 기획하고 운영하는 꽤 괜찮은 능력이 제 안에 잠재되어 있다는 것을 알게 되었거든요.

나아가 꼭 필요한 것들만 담아 인생을 계획하고 습관을 관리할 수 있도록 그동안의 저의 자기계발 노하우들을 가득 담아 다이어리도 직접 제작하게 되었으며 이 지적재산물에 대한 상표등록도 진행하고 있답니다.

시도하지 않고 도전하지 않았다면 평생 경험해보지 못했을 일들을 온라인 세상, 블로그로 연결된 인연들을 통해 할 수 있다는 것이 참 신기해요.

물론 이러한 온라인 활동들로 인해서 월급 외 짭짤한 부수입이 늘어나는 건 당연한 일이고요. 회사에서 갑자기 짤린다 해도 크게 걱정하지 않아도 될 것 같습니다(ㅎㅎ).

누군가에게 조금이나마 선한 영향력을 끼칠 수 있게 되어 하루하루가 설렙니다. 나의 능력을 하나하나 깨우고 전에 하지 않았던 일들을 도전하면서 인생에 있어 가장 큰 만족감과 짜릿함을 맛보고 있답니다. 신기하게도 회사에만 목매지 않으니 오히려 회사에 가졌던 억울함과 서운함도 서서히 옅어지면서 다시 회사 일에 대한 욕심과 열정도 생겨나는 신기한 경험을 하고 있어요.

회사와 나를 분리하는 연습을 시작하자 제 인생이 서서히 변하고 있음을 느낍니다. 돈은 회사 밖에서도 벌 수 있다는 걸 깨달았고, 글을 쓰며 내면을 치유하는 방법을 찾았고, 회사 밖에서 만날 수 있는 사람들을 알게 됐습니다. 크고 작은 프로젝트를 기획하고 이끌며 제가 생각보다 강하고 괜찮은 사람이라는 사실도 확실히 알게 됐고요.

'너에게 회사 빼면 남는 게 뭐니?'

이 질문에 대한 답은 여전히 찾는 중입니다. 아직도 회사가 비빌 언덕 중 큰 지분을 차지하고 있는 것도 사실이고, 제가 여전히 많은 애정을 쏟고 있는 감사함의 대상이기도 합니다. 또한 저에게 경험해보지 못한 무수한 기회를 선물해준 곳이기도 하죠.

그러나 '하고 싶은 대로 살아도 괜찮다'라는 것, '남보다 나를 먼저 챙겨야 한다'라는 걸 명확히 알게 됐으니 매 순간 내가 선택한 것을 누리며 행복하게 살기로 했습니다. 충분히 그럴 자격이 있다는 것을 이제는 알게 됐거든요.

늘 회사 일로 안절부절, 고군분투하던 그녀는 이제 없어요. 그 자리에 자신을 더 궁금해하고 신뢰하고 사랑하기 위해 노력하고 도전하는 새로운 그녀가 자리했습니다.

가장 나다운 삶이 무엇인지 끊임없이 고민하고 그 삶을 따라가기로 결심했어요. 그 누구의 인생도 아닌 온전히 나만의 귀하디 귀한 인생이니까요.

권세나입니다

블로그
http://blog.naver.com/ssena222

·

인스타그램
https://www.instagram.com/lovely.sena/

엄마이지만 도전을 멈추지 않는 '초 긍정주의자'입니다.

블로그로 졸꾸녀(졸라꾸준)가 되어

약사로서의 인생2막을 준비하고 있습니다.

누군가 내 삶을 가치 있게 봐주자
저 자신에 대한 믿음이 생기기 시작했습니다.

남들처럼 ———

　　　　사는 것을

멈추기로 했다

　　저는 호기심과 상상력이 풍부한 사람이었습니다. 낯선 것들이 가
져다 주는 흥미진진한 긴장감을 좋아했고, 미지의 세계를 끊임없이 궁금
해하는 사람이었지요. 중학교에 다닐 때 도서관에서 만난 《바람의 딸 걸
어서 지구 세 바퀴 반》,《하늘호수로 떠난 여행》이라는 책은 호기심 많던
저를 행동하게 만들어준 책입니다.

　그 책을 통해 여자 혼자서도 용기 있게 세상을 품을 수 있다는 것을 깨
달았고, 우물 안에 갇혀있던 제가 낯설고 다양한 세상에 관심을 갖게 해
주었습니다. 이 두 권의 책은 제 인생의 방향을 결정하는 데도 영향을 주
었습니다. 어떤 결정을 해야 할 때면, 익숙한 세상보다 경험해보지 못한
낯선 세상으로 나아가는 것을 선택했으니까요.

　대학에서 도시공학을 전공하고 관련 연구소에 입사한 후에도 저는 호
시탐탐 세상 밖으로 나갈 궁리를 했습니다. 야근이 일상이었던 빡센 회
사생활 속에서도 낭만적인 유학 생활을 상상하며 버텼습니다.

눈 내리는 추운 겨울, 저는 말간 얼굴로 캠퍼스 마크가 그려진 후드티를 입고 학교 앞의 따뜻한 카페에 앉아 있습니다. 하얀 머그잔에는 김이 모락모락 나는 커피가 담겨 있습니다. 저는 펜으로 밑줄을 그으며 영어로 된 논문을 읽고 있습니다. 랩실에서는 피부색이 다른 동료들과 영어로 대화를 합니다.

상상만으로도 설렜습니다. 일에 치여 힘들다가도 유학생이 되어 있을 제 모습을 상상하면 힘이 불끈 솟았습니다. 연구원에는 유학을 다녀온 박사님들이 많았어요.

그분들을 보면서 제 미래를 상상해보기도 했습니다. 지금은 말단 연구원에 불구하지만 나중에는 그분들처럼 큰 프로젝트를 맡으며 프로페셔널하게 살 수 있을 것으로 생각했습니다.

하지만 시간이 지날수록 현실이 보이더라고요. 제 롤 모델인 그들도 상사에게 한바탕 깨진 후 담배를 피우며 한숨 쉬는, 지금의 제 모습과 다를 바 없는 직장인이더라고요. 유학을 다녀온다고 행복한 삶이 보장되는 건 아니라는 걸 깨달았지요. 장밋빛 미래를 상상하며 버티고 있던 제 희망에 균열이 생기기 시작했습니다.

'유학까지 갔다 와서 일벌레처럼 살게 되면 어쩌지?, 무엇을 위해 내가 유학을 가려는 거지?' 심지어 낭만으로 가득할 것 같았던 유학 생활도 제가 상상하던 것과는 다를 수 있다는 것을 깨닫기 시작했습니다.

계절도 잊은 채 도서관에 처박혀 과제와 씨름하고 있습니다. 해도 해도 끝나지 않는 공부와 과제. 쏟아지는 잠을

쫓기 위해 커피를 연거푸 마시고, 퀭한 몰골로 논문을 읽다 보면 여긴 어디고, 나는 누군가라는 생각이 듭니다. 랩실에서는 말도 안 통하는 동료들과 프로젝트를 하느라 진땀을 빼고 있습니다. 고생 끝에 박사가 되어 돌아옵니다. 박사라는 '타이틀'이 붙자 사람들의 기대가 커지고 책임감은 무거워집니다. 다시 일벌레가 됩니다.

갑자기 숨이 막히는 것 같았습니다. 남들 하는 대로 대학에 가고, 대학원에 가고, 취업만 하면 행복해질 줄 알았는데. 유학만 갔다 오면 내가 원하는 자유로운 삶을 살 수 있을 줄 알았는데….

제가 바라는 이상과 현실은 '매우' 다를 수 있다는 것을 처음으로 인지하기 시작했어요.

더 늦기 전에 결단이 필요했고, 저는 남들이 사는 대로 따라 사는 것을 잠시 멈추기로 했습니다. 나의 미래가 '후회'로 점철되지 않으려면 한 살이라도 어릴 때 뭔가를 시도해야 했습니다. '딱 1년만. 내가 해보고 싶은 것을 해보자.' 그렇게 저는 스물여섯에 퇴사를 했습니다.

내 이름은 ──────

　　　　　루도

　　회사를 관두고 가장 먼저 한 일은 '자전거 전국 일주'였습니다.
사촌 동생 2명과 경기도 파주에서 출발해 땅끝마을을 거쳐 제주도로 갔
다가, 다시 남해로 올라와 동해를 따라 일주하는 40일간의 여행이었습
니다.

　　회사에서 '버티던' 시절, 저의 소확행은 자전거 여행 카페를 드나들며
대리만족하는 것이었습니다. 어느 날 '찰리'라는 사람이 쓴 글을 보게 됐
는데, 그는 인천에서 배를 타고 중국으로 건너가 그곳에서 세계 일주를
시작할 예정이라고 했습니다. 그리고 그 기간은 무려 5년이었습니다(찰
리는 실제로 2,482일간의 세계 일주를 했습니다).

　　인생에 큰 구멍이 생기는 선택이 될까 봐 퇴사 직전까지도 고민을 거
듭하던 저에게 찰리의 삶은 큰 용기로 와 닿았습니다. '누군가는 5년이라
는 인생을 걸고 도전하는데 나도 1년 정도는 해볼 수 있지 않을까?'라는
생각이 들었거든요.

　　자전거 바퀴 펑크 때우는 법을 배우고, 여행에 필요한 GPS, 트레일러
를 빌렸습니다. 돈을 아끼려고 텐트와 침낭, 코펠 등을 주렁주렁 매달고

호기롭게 출발했는데 자전거가 무거워 속도를 내기 힘들었고, 얼마 못가 체력이 바닥났습니다. 이대로는 완주할 수 없을 것 같아 무거운 짐들은 집으로 돌려보냈습니다. 생애 처음으로 무언가를 '내려놓던' 순간이었습니다. 짐을 정비하고 다시 출발했습니다. 진짜 자전거 여행가가 되는 순간이었어요.

완도에서 배를 타고 제주도로 향했습니다. 드넓고 검푸른 바다가 눈앞에 펼쳐졌습니다. 끝없이 펼쳐진 광활한 바다를 본 순간, 컴퓨터 앞의 한 평 인생에 그칠 것이라 생각했던 몇 달 전의 제 모습은 온데간데없어졌습니다.

온전히 내 마음이 가는 대로 자전거 페달을 밟았습니다. 도착하는 곳마다 내가 상상했던 것보다 더 멋진 풍경을 만났습니다. 내 선택이 옳았음을 확신하던 순간이었습니다. 남들이 옳다고 말한 방향으로 열심히 살아왔지만 행복하지 않았고, 오히려 남들이 만류하던 길에서 행복의 가능성을 만난 것이었습니다.

그 경험이 불씨가 된 걸까요? 자전거 전국 일주 후에도 많은 것들을 시도할 수 있었답니다. 지방에서 3개월간 공동체 생활도 했고, 전국을 돌아다니며 귀농자의 집을 방문하기도 했습니다. 세상의 주류에서 벗어나 자신의 목소리에 귀 기울여 삶을 개척해나가는 사람들을 만나며 용기를 채워나갔습니다.

그런 용기들이 켜켜이 쌓였을 때, 저는 28살에 아프리카 짐바브웨 Zimbabwe 로 떠났습니다. 넓은 세상에 대한 꿈이 NGO 해외 봉사 모집공고를 본 순간 다시 꿈틀꿈틀 살아나는 것을 느꼈습니다. 대학생 때도 저소득층 아이들 공부를 도와주는 공부방 활동을 했던 저는 봉사활동에 관심이 많았어요. 게다가 한비야, 류시화, 찰리를 보며 미지의 세상에 대한 동경을 차곡차곡 쌓아왔던 저였어요. 해외 봉사활동은 그런 제 꿈을 실현해 줄 기회였습니다.

내 꿈은 이루고 싶지만 스펙 쌓기도 포기할 수 없어서 하고 싶지도 않은 공부를 핑계 삼아 유학을 희망했었는데, 뒤처질 수도 있다는 두려움을 내려놓으니 내가 하고 싶은 것의 정수만 담은 선택을 할 수 있었어요. 그럴듯한 목표도 이유도 없이 '해보고 싶다'라는 마음 하나로 떠났던 자전거여행이 제게 '용기'라는 것을 선물해줬거든요. 남들 하라는 대로 살지 않아도 삶이 이렇게까지 행복해질 수 있다는 것을 온몸으로 느꼈기 때문이에요.

NGO의 주된 활동은 2년 동안 아프리카의 다섯 나라에 문해교육센터 Community Learning Center를 짓는 것이었습니다. 막 시작하던 단계라 현지마을에서 토대를 닦을 활동가를 찾고 있었는데, 다른 능력보다 현지에서 '잘 살 수 있는 사람'을 우선했습니다. 해당 분야 전공자도 아니고, 영어를 잘하는 것도 아니었기에 바로 이거라는 생각이 들더군요.

아프리카에 가기로 마음먹은 후에도 끊임없이 스스로에게 물었습니다. '28살의 나이에, 남들은 커리어를 쌓으며 한창 바쁘게 지내는데 아프리카에 가는 게 맞는 걸까?' 게다가 2년이라는 시간은 저의 진로를 완전히 바꿔놓을지도 모르기에 진짜 내가 원하는 길인지 묻고 또 물었습니다. 몇 번을 물어도 제 대답은 하나였습니다.

'Yes!'

아프리카 생활은 기대했던 것보다 훨씬 저와 잘 맞았고 생각지 못했던 배움들을 선물했습니다. 저의 주요 활동은 마을을 돌아다니며 사람들을 만나고, 무엇이 부족하고 어떤 강점이 있는지 파악하는 일이었어요. 부족한 실력이지만 현지어로 인사를 건네면 마을 사람들은 하얀 이를 드러내며 좋아해 주셨습니다. 루도[1]라는 예쁜 이름도 갖게 되었습니다.

짐바브웨 사람들은 일자리를 찾아 주변 국가를 자주 왕래해야 했기에 여권은 필수품이었습니다. 하지만 2010년만 해도 디지털카메라나 스마트폰 보급이 되지 않아 마을 사람들은 비싼 교통비를 지불하고 도시로 나가 여권 사진을 찍곤 했어요. 그걸 본 저는 포토 스튜디오를 만들어 마을 사람들 사진을 찍어주기 시작했습니다.

"캐빈, 여권 사진엔 귀가 보여야 해요. 휴지를 귀 뒤에 꽂아보세요."
"휴지가 자꾸 빠지는 데 어떡하죠?"
"그럼 다른 사람 귀를 붙여드릴 수도 있는데 그렇게 해도 될까요?"
"좋아요, 도시에 가면 눈 감고 찍은 사진에 눈도 붙여주던걸요."

국제규정에 따르면 여권 사진에는 귀가 보여야 하는데 짐바브웨 사람들은 귀가 얼굴에 딱 붙어서 보이지 않는 경우가 허다했어요. 어떻게든 귀를 보이게 찍으려 해도 안 될 때면 포토샵으로 다른 사람 귀를 갖다 붙이기도 했습니다.

포토 스튜디오는 사람들에게 인기가 많았습니다. 저는 여권 사진뿐만 아니라 갓난아기 사진도 찍고 기념일을 맞은 가족사진도 찍어 선물하며 행복을 만끽했습니다. 누군가에게 도움을 준다는 게 생각보다 행복한 일

1] Rudo; 짐바브웨 언어로 '사랑'을 뜻해요.

이라는 걸 처음 알게 된 순간이었어요. 낯선 피부색을 가진 저를 품어준 그들을 통해 물질의 결핍이 행복을 결정하지 않는다는 것도 배울 수 있었습니다.

무엇보다 제가 한 선택이 후회되지 않아서 다행이었습니다. 한국으로 돌아가면 국제 NGO 단체에서 일해야겠다는 구체적인 목표도 세웠습니다. 뭐든 해낼 수 있을 것 같았거든요.

어쩌다 약대생

한국으로 돌아와 국제 NGO에 지원 서류를 넣기 시작했습니다. 아프리카에서 자신감을 잔뜩 충전하고 돌아온 직후라 세상 무서울 게 없었어요. 하지만 결과는, 지원하는 곳마다 탈락!

첫 번째 회사는 전공자가 아니어서, 두 번째 회사는 운이 없어서…. 말도 안 되는 탈락 사유를 잘도 갖다 붙이며 합리화하기 바빴습니다. 아프리카에서 2년이나 살았던 저보다 더 적합한 사람이 있다는 걸 처음엔 납득할 수 없었는데, 결국 세 번째 회사 면접에서 저의 적나라한 현실을 마주할 수 있었습니다.

경쟁자도 없이 일대일 영어면접을 봤지만 제대로 대답할 수 있는 질문이 없었습니다. 심지어 짐바브웨에 관한 질문에도 대답하지 못하고 버벅대다가 면접을 망쳐버렸지요. 얼굴이 화끈거렸습니다. 불합격 통보를 받은 건 당연했고요.

경험만 믿고 자만하던 저 자신이 한심해서 자괴감이 밀려왔습니다. 회사도 관두고 아프리카에 다녀오면서까지 내가 행복할 수 있는 방법을 찾은 줄 알았는데 현실과 동떨어진 채 살아온 패배자가 된 것 같았습니다. 2년 동안 기껏 쌓아 올린 자신감과 행복감이 며칠 사이에 와르르 무너지는 것 같았습니다.

그렇다고 그대로 포기하기엔 너무 아쉬워서 좀 더 공부하고 준비해서 다시 도전해봐야겠다고 생각했습니다. 그런데 취업 스터디를 찾아다니고, 토익 시험 준비를 할수록 의문만 커졌습니다. 스물여섯에 퇴사할 때 고민했던 문제들, 해결했다고 생각한 의문들이 다시 고개를 들기 시작한 것이었어요.

회사에서 억지로 버티던 삶이 싫어 퇴사를 했는데, 다시 그 삶으로 꾸역꾸역 들어가려는 내 모습은 지난 고민들을 물거품으로 만드는 꼴이었어요.

시간을 돌리듯 짐바브웨 생활을 천천히 돌아봤습니다. 저는 누구보다 행복하게 생활했지만, 저를 관리해주던 NGO 직원은 거의 매일 야근에 시달리던 게 생각났습니다. 심지어 시차 때문에 새벽에도 일하기 일쑤였고, 마을 곳곳을 누비던 저와는 달리 하루의 대부분을 컴퓨터 앞에 앉아 보고서만 쓰던 '찐 직장인'의 모습은 예전 저의 직장인 시절과 다를 바 없었습니다.

하게 될 일은 '국제계발'이라는 그럴듯하고 멋진 분야겠지만, 그 속의 모습은 어느 직장인과 다를 바 없을 것 같았습니다. 이미 서른이 넘어버린 나이였기에 예전처럼 과감히 회사를 관둘 수도 없을 것이 분명했습니다. 누군가는 그 삶이 행복하겠지만, 그게 저는 아닐 거라는 것을 직감적으로 알 수 있었습니다.

이러지도 저러지도 못한 채 취직 준비를 명분 삼아 몇 개월을 백수로 보냈습니다. 통장 잔고는 빵꾸 직전이었고 아프리카에서 쌓아온 자존감은 자취를 감춘 지 오래였습니다. 취업을 포기하자니 달리 할 것도 없는 애매하고 불안한 시기였어요.

그러다가 오랜만에 만난 대학 후배에게 별생각 없이 제 고민을 털어놓았습니다. 대학 때 MEET[2]를 준비해 예비 의사가 된 후배는 제 고민을 들더니 PEET[3] 제도를 알려주었습니다.

고등학교 때 약대를 지원하는 친구를 보며 그렇게 따분한 일을 왜 하려는지 이해되지 않았는데, 서른이 되어서야 다르게 볼 수 있는 안목이 생기더군요. 제 성향을 생각해보니 약사는 제게 딱 어울리는 직업이 될 것 같았습니다.

아프리카에 있을 때, 소독약과 연고만 있으면 나을 상처를 치료하지 못해 병을 키우던 마을 사람들이 생각났습니다. 제가 갖고 있던 비상약으로 치료를 도와드렸을 때 누군가의 삶에 도움이 된다는 희열을 느꼈었습니다. 약사가 된다면 매일 그런 보람을 느낄 수 있을 것이고, 나이 든 후에는 NGO 활동가로 아프리카에도 다시 갈 것이란 큰 그림도 그렸지요.

약대 입학을 위하여 오랜만에 책상 앞에서 공부하는 게 쉽진 않더군요. 학창시절 줄곧 상위권을 유지했던 터라 과거의 실력만 믿고 만만하게 생각했습니다. 첫해에는 탈락의 고배를 마셨어요. 공부마저 나를 배신하는가 싶어 자존감이 끝도 없이 곤두박질쳤습니다.

두 번째 해에는 정신줄을 붙잡고 고3 때보다 더 열심히 공부했습니다. 그리고 드디어 서른세 살에 다시 대학생이 되었습니다.

20대의 경험이 쌓이고 삶에 대한 나만의 기준이 생긴 후에 다시 들어간 대학은 또 다른 만족과 성취감을 주었습니다.

2] 의학교육입문검사. MEET 시험 점수에 따라 갈 수 있는 학교가 정해집니다.

3] 약학대학입문 자격시험. PEET 시험 점수가 있어야 약대 지원이 가능합니다.

육아를 ———
　　　블로그로
배웠습니다

　　약대까지 합격하고 나니 모든 걸 이룬 기분이었습니다. 20대에
는 해보고 싶은 걸 원 없이 해봤고, 30대가 되어서는 다시 대학에 가고,
오래 만나온 연인과 결혼까지 해 안정적인 가정도 꾸렸습니다. 아무런
걱정이 없었어요. 고민도, 조바심도 없는 안락한 날들이었습니다.

　　원하는 시기에 첫 아이를 임신하고, 자연주의 출산에 관심이 생겨 출산
준비는 산부인과가 아닌 조산원에서 했습니다. 우려의 목소리도 들렸지
만 순조롭게 출산까지 해냈지요. 조산원에서 주는 미역국을 먹고 아이를
낳은 지 12시간 만에 퇴원했어요. 둘이 아닌 셋이 만들어 갈 세상이 기대
됐습니다. 그때만 해도 우리 앞길에 어떤 일이 펼쳐질지 꿈에도 모른 채
말이죠.

　　그러나 웬걸, 출산은 육아에 비해 아무것도 아니었어요. 아기를 안고
집으로 돌아온 순간부터 후회했습니다. 최대한 모든 걸 스스로 해내겠다
는 패기로 산후조리원에도 가지 않은 것요. 남들 하는 대로 하기 싫어
서 출산방식도, 산후조리도 제가 원하는 것을 선택했는데. 그러지 말았어

야 했습니다. 산후조리원의 다른 이름은 '엄마 되기 속성코스 학원'이라는 걸 그때야 알게 되었어요. 엄마 되는 법도 배우지 못한 채 갑자기 엄마가 되었습니다.

산후조리원은 수유하는 법, 분유 타는 법, 기저귀 가는 법, 아기가 언제 잠을 자고 일어나는지 등을 배우는 곳이었어요. 그런 배움의 과정을 건너 뛰고 준비 없이 맞이한 육아의 세계에서 멘붕에 빠지는 것은 당연했습니다. 퇴원 전까지의 호기로움은 온데간데없이 등줄기에 식은땀이 흐르고 귓가에는 묵직한 경종이 쉴 새 없이 울렸습니다.

초보 엄마 아빠는 온종일 동동거리다가 이내 지치기 일쑤였어요. 그런 날이 반복되자 저는 예민해질 대로 예민해졌습니다. 손목이 시리고, 어깨가 결리고, 모로 누우면 골반이 아프고, 똑바로 누우면 아기가 울고, 잠은 쏟아지고…. 이도 저도 못 하는 상황이었어요. 물 좀 갖다 달라는 부탁에도 재빨리 움직이지 않는 남편이 야속하고 사소한 일에 울분이 폭발하는, 점점 정신줄을 놓아가는 저를 발견했습니다. 진로를 고민하고, 아프리카에 갈까 말까를 선택하던 순간과는 차원이 다른 무시무시한 세계가 곧 펼쳐질 것 같았습니다. 그쯤 되니 제가 살기 위해서라도 무슨 방법을 찾아야 했어요.

신생아 수면, 신생아 낮잠, 신생아 밤잠, 신생아 통잠, 100일의 기적 등 육아 상식을 검색하기 시작했습니다. 그러다가 '똑게육아('똑똑하게 게으르게 육아하자'의 줄임말)'라는 블로그를 발견했어요. 아기수면교육에 대한 블로그였는데, 수면에도 '교육'이 필요하다는 걸 몰랐던 저는 그 블로그에서 많은 정보와 위안을 얻었습니다. MIT를 졸업한 엄마였는데, 그렇게 똑똑한 사람도 육아가 힘들다고 하니 왠지 모를 위로도 되더라고요.

잠 좀 자보려고, 제가 살기 위해 시작한 블로그엔 다양한 세상이 있었습니다. 아이가 잠들었을 때 틈틈이 접속해서 다른 엄마들과 대화하며 숨을 쉴 수 있었어요. 육아 동지들이 쓴 글을 보며 공감하고, 나만 힘든 건 아니라는 사실에 위로받으며 그 시간을 버틸 수 있었습니다. 조금 덜 자책하는 엄마가 되었고, 부족하고 나쁜 엄마라는 프레임에서 벗어나 상황을 객관적으로 바라보는 힘도 생겼어요. 그렇게 시간이 흐르니 아이를 재우고 먹이는 것에도 익숙해지고 점점 엄마가 되어감을 느꼈습니다.

하루는 반찬을 통째로 꺼내놓고 점심을 먹는데 글 하나가 눈에 들어왔어요.

"엄마도 예쁜 그릇에 차려 먹어요."

한가한 사람인가? 생각하고 글을 눌러봤더니 예상외로 두 아이를 키우는 엄마였습니다. 플라스틱 반찬 통을 늘어놓고 대충 끼니를 '때우는' 제 모습과 너무 달라 블로그를 구경하기 시작했어요.

육아와 미니멀 라이프를 주제로 한 블로그였는데, 아이 키우는 집 같지 않은 깔끔함이 제 눈길을 사로잡았습니다. 좀 더 편하게 육아하기 위해 물건을 버렸고, 집안에 물건이 없으니 아이들이 어지를 것도, 치울 것도 없다는 말이 와닿았습니다. 그 글을 읽고 생각했어요.

'이거다!'

안 그래도 청소와 살림에는 젬병인데 거기에 육아까지 하려니 힘에 부치던 차였습니다. 매일이 멘붕인 엄마로서의 삶을 어떻게 하면 잘 꾸려

나갈 수 있을까 고민하고 있었는데 그 블로그가 제게 답을 주었습니다. '그래, 잘하려고 하지 말고 일단 단순화하자.' 그렇게 어쩌다 미니멀 라이프가 시작되었습니다.

저는 자전거 일주를 할 때도 온갖 짐을 싸 들고 출발했다가 집으로 돌려보낸 전적이 있는 맥시멀리스트였습니다. 내려놓지 못하고, 버리지 못하는 성격이었던 제가, 뭐에 홀린 것처럼 집 안 구석구석을 뒤져 찾아낸 물건을 처분하기 시작했어요. 휴지와 세제부터 신혼여행 때 산 오리발과 스쿠버다이빙 장비, 폴라로이드 카메라 등. 언제 쓸지 모르는 것들을 몽땅 꺼내 중고나라에 팔고 아름다운 가게에 기부도 하고 생필품은 맘카페에 '드림'글을 올려 이웃과 나눴습니다.

작은 살림을 정리하다 보니 큰 가구도 정리하고 싶은 욕심이 생겼습니다. 책장을 사러 온 분께 수납장까지 끼워주는 식으로 큼지막한 가구를 처분하기 시작하니 집안이 점점 훤해졌어요. 만족스러웠습니다. 깨끗해지는 집안을 보니 묘한 쾌감이 들어 급기야 남편의 짐에도 손을 댔습니다. 버려도 눈치채지 못할 것 같은 남편의 책들을 모아서 분리수거장에 몰래 버렸습니다. 그런데 그날 집으로 돌아온 남편 손에 제가 몰래 버린 책들이 들려있었어요. 어이없어하는 남편 표정을 보고 가족들 물건에는 손대지 않기로 결심했습니다.

그렇게 짐들을 부지런히 갖다 버리자 살림이 단출해졌고, 청소나 집 정리에도 자신감이 생기기 시작했습니다. 그쯤 되니 또 다른 고민이 생겼는데, 바로 이사였어요. 작은 집에 살면 '미니멀 라이프 끝판왕'이 될 수 있을 것 같다는 욕심에 이사 갈 방법을 궁리하기 시작했습니다. 그리고 거짓말처럼 기회가 찾아왔어요.

미니멀 라이프, ──────
　　　미니멀 자존감

　　　제가 밤낮 물건을 버리는 동안 남편은 인생의 큰 고민에 빠져 있었습니다. 한 직장을 10년 동안 다니다 보니 번아웃이 찾아온 것이었어요. 게다가 남편이 다니던 회사는 구조조정에 인사이동에 여러모로 분위기가 어수선하던 때였습니다.

　변화가 필요했던 남편은 부서 이동이나 이직을 고민하면서도 쉽게 결정을 내리지 못하고 있었어요. 원하는 팀이나 회사로 가게 되면 출퇴근 시간이 길어져 주말부부를 하거나 이사를 해야 했기 때문이었습니다.

　저는 남편이 부서를 옮기면 이사 갈 수 있다는 생각에 뭐든 지원해보라고 부추겼습니다. 제 흑심을 알 리 없는 남편은 다른 회사에 이력서도 내고, 부서 이동 신청도 하며 담담히 버텨나갔어요. 다행히 얼마 후에 인사이동 승인이 나서 송별회도 마치고 새로운 팀에 합류할 준비를 하더라고요. 남편이 활기를 찾은 것도 기뻤지만 무엇보다 '미니멀 라이프 끝판왕'이 될 생각에 가슴이 뛰었습니다.

　한 차례의 구조조정이 또 한 번 있을 거라는 소문이 내내 돌았지만 마음 놓고 있었습니다. 없어질 팀에서 사람을 뽑을 리도 없었고, 무엇보다 남편은 당시 서른다섯의 대리였던 터라 안심했던 거지요. 안일한 생각이었습니다.

대규모 구조조정 바람이 불었고, 남편이 합류하려고 했던 팀도 인력을 축소하느라 바빴습니다. 하루아침에 갈 곳을 잃은 남편이 송별회까지 마쳤던 부서로 다시 출근해야 하는 뻘쭘한 상황이 벌어진 것이었어요.

희망퇴직 신청이 시작됐으나 지원자가 거의 없자 급기야 각 팀에서 2명씩 희망퇴직자를 선정한다는 소식이 들려왔습니다. 한 마디로 각 팀의 팀장이 '너 나가!'라고 하면 그 사람이 대상자가 되는 식이었어요. 성별, 직급, 나이 불문이었습니다. 송별회까지 한 남편이 대상자가 되지 않는다면 오히려 이상할 지경이었습니다. 그렇게 남편은 희망퇴직 대상자가 되었고, 퀭한 얼굴로 얼마간 출퇴근을 했습니다(희망퇴직 대상자가 버티면 회사는 강제로 내보낼 수 없어요).

며칠이 몇 년처럼 느껴졌고, 피 말라 죽는 게 이런 거라는 걸 느꼈습니다. 미니멀 라이프에 눈이 멀어 남편을 부추긴 제가 한심해서 미칠 것 같았습니다.

남편은 결국 10년간 일한 회사에서 얼마의 위로금을 받고 서른다섯에 희망퇴직을 했습니다. 기운 빠져 있는 남편에게 괜찮다고, 아이도 어린데 이참에 육아나 하자고, 몇 년 후면 내가 약사가 되어 돈을 벌 테니 걱정 말라고 큰소리쳤습니다. 경제적인 부분은 전혀 걱정되지 않았지만, 남편에 대해서는 걱정이 되었습니다. 이것 찔끔, 저것 찔끔하며 살아온 나와 다르게 남편은 평생을 모범생으로 살아왔습니다. 그런 남편에게 세상이 상을 주지는 못할망정 이런 시련을 준다는 것이 원망스러웠습니다.

그런데 얼마 뒤 희소식이 날아들었습니다. 남편이 부서 이동을 신청할 때 다른 회사에도 지원서를 넣었었는데 그 회사에서 합격통보를 받은 것이었어요. 하루 사이에 절망과 희망을 오가는 기분이었습니다. 연봉도 나아졌고, 위로금까지 생긴 셈이니 결과적으로도 더 좋은 일이었고요. 이사하면서 미니멀 라이프도 더 속도를 낼 수 있게 되었습니다.

이사 갈 동네는 살던 동네와는 비교도 안 되게 집값이 비쌌습니다. 최소 10평은 줄여가야 하는 상황이 되자 이때다 싶어서 기쁜 마음으로 짐을 버리기 시작했어요. 소파를 처분하고, 냉장고를 작은 크기로 바꿨습니다. 집이 좁아져 속상하다는 생각보다 짐 버리는 게 너무 재미있었어요.

그렇게 새집으로 이사하고 얼마 뒤 둘째까지 태어나서 저는 휴학을 하고 육아에 전념해야 했습니다. 아이 하나와 둘, 도와줄 사람이 있는 것과 없는 것의 차이는 엄청났습니다. 첫째 아이를 키울 때는 시댁이 가까워서 가끔 시부모님 찬스를 쓸 수 있었지만, 이사 후에는 부모님 댁과도 멀어져 도움받기가 힘들었어요.

똥줄 타는 날들이 이어졌습니다, 미니멀이든 맥시멀이든 최소한 내 정신이 붙어있어야 가능한 거였는데, 정신은커녕 몸뚱아리 건사하기도 버거웠습니다. '육아는 장비빨이다'라는 말이 있는데요, 미니멀 라이프에서 헤어나오지 못해 육아용품 하나 살 때도 '진짜 나에게 꼭 필요한 거 맞아?'라고 고민하느라 결정을 내리지 못했습니다. 쉽게 갈 수 있는 길도 굳이 어렵게 가는 나를 보면서 스스로 만든 함정에 빠진 것 같았습니다. 첫째 아이 육아, 남편 퇴직, 둘째 탄생, 극한 육아…. 매순간 만나는 고비 앞에서도 어떻게든 살 방도를 찾으려 이것저것 시도했는데 저는 다시 깜깜한 동굴 속에 갇혔습니다. 설상가상 친정아빠의 폐암 소식까지 날벼락처럼 날아들었습니다.

육아에 몸과 마음이 지칠 때면 대피처처럼 친정을 찾고는 했을 때, 갈 때마다 아빠는 부쩍 야윈 모습을 하고 계셨어요. '나이 들면 다 그렇다'라는 아빠의 말을 믿었습니다. '병색'과 '노화'를 구분 못 할 정도로 바보는 아니었지만 마음속에 품은 의심이 현실로 닥칠까 봐 두려웠어요. 다른 사람들을 돕고 싶다는 마음으로 아프리카까지 갔던 저의 추진력과 패기는 정작 가족의 안위 앞에서는 자취를 감췄습니다. 당장 내게 닥친 육아라는 험난한 복병을 처리하기도 바빴거든요. 그래서 더욱 '괜찮다'라는 아빠의 말을 믿었어요.

그렇게 믿고 싶은 것만 믿으며 현실을 회피해봤지만 얼마 후 아빠는 폐암3기 판정을 받았습니다. 슬픔에 빠지는 것도 사치였어요. 당장 아빠를 모시고 병원에 다녀야 했습니다. 첫째 아이는 어린이집에 입소시키고 6개월 된 둘째를 안고 업고 병원에 다녔어요. 아빠는 매일 항암치료를 받으셔야 했는데, 운전을 못 할 정도로 기력이 떨어진 데다 친정은 병원에서 2시간 거리였습니다. 저희 집과 병원이 그나마 가까워서 한동안 부모님과 함께 생활하게 되었어요.

시간을 과거로 돌려 미니멀 라이프에 미치기 전으로 돌아가고 싶었습니다. 집이 좁아 아빠가 편히 쉴 공간이 없는 게 너무 마음 아팠습니다. 모든 게 제 탓처럼 느껴졌지요. 아빠가 병을 키워온 것도 제때 병원에 모시고 가지 않은 제 탓 같았고, 미니멀 라이프에 눈이 멀어 작은 집을 얻는 바람에 편하게 모시지 못하는 상황도 싫었고, 무엇보다 제가 경제력이 없으니 아빠가 당장 일을 그만둘 수도 없는 현실이 속상했습니다.

도움은커녕 그때까지도 비싼 등록금을 내야 하는 학생인 데다, 남을 돕겠다고 아프리카까지 다녀왔지만 정작 내 부모의 건강은 챙기지도 않았던 저의 위선적인 삶에 정말 화가 났습니다.

잘 ——— 살아오셨네요

길을 걷다 울고, 운전하다 울고, 가만히 있다가 울었습니다. 제 자신이 한심하고 견딜 수 없을 만큼 싫었어요. 그렇다고 언제까지 울고 있을 수만은 없었습니다. 아이들을 돌보고 부모님을 병원에 모시고 다녀야 했으니까요. 몇 날 며칠을 울고 나니 강해져야겠다는 의지가 생겼습니다. 무엇보다 경제력을 가져야겠다는 생각이 확고해졌어요. 남편의 희망퇴직과 아빠의 항암치료를 지켜보며 언제 어떤 일이 벌어질지 모른다는 생각이 들었습니다. 부모님이나 아이들, 혹은 남편이 아프거나 힘들 때 의지할 수 있는 사람이 되고 싶었어요.

약사가 되려면 졸업까지 몇 년이 더 필요했고, 남편의 월급을 꼬박꼬박 모아도 답이 없을 것 같았습니다. 월급 말고 의지할 수 있는 자본이 필요하다는 생각이 들었죠. 태어나서 처음으로 '돈'에 대해 진지하게 고민한 시기였습니다.

앞으로 우리가 먹고살려면 얼마가 필요할까? 부모님이 30년을 더 사신다고 가정했을 때, 한 달에 300만 원을 쓴다면 10억은 있어야 한다는 결론이 나왔습니다. 눈앞이 캄캄했어요. 10억은커녕 내 집 한 채 없었기 때문이죠. 현실을 자각하자 재테크에 관심이 생기는 건 당연했습니다. 하지만 재테크를 해본 적도, 관심을 가져본 적도 없어서 어디서부터 어떻게 시작해야 할지 막막했어요. 아이들이 어려서 외출 한번 하기도 힘들었고요. 할 수 있는 거라곤 인터넷을 뒤져 재테크 정보를 찾는 게 전부였습니다. 그렇게 아이들을 재우고 새벽까지 핸드폰을 보다 보면 다음 날 늦잠을 자는 바람에 어린이집 등원 시간을 놓치기 일쑤였어요. 이게 뭔가 싶었습니다. 강해져야겠다는 의지를 세우기가 무섭게 이번엔 재테크에 빠져 육아도 제대로 못 하고, 집도 엉망으로 만드는 악순환이 반복됐어요. 점점 저 자신이 싫어졌습니다.

얼마나 더 무너질 수 있을까 어제의 나와 경쟁하는 기분이었습니다. 도대체 내가 제대로 하는 게 뭘까, 제대로 할 수 있는 게 있긴 할까, 그렇게 변하고 싶다면서 점점 엉망으로 만들고 있잖아…. 저에 대한 불만이 극에 달했을 때 한 투자자의 글이 눈에 들어왔습니다.

> *"(중략) … 어느 시점부터 돈을 버는 것보다 자기관리, 자기경영 능력이 더 중요하다는 생각이 들었다… 투자를 잘한다고 꼭 잘 산다는 보장도 없고 행복이 돈 많이 버는 것과 꼭 비례하지는 않는 걸 봤다. 생활 습관이 안 좋다든지, 자기만의 원칙이 없다든지, 눈앞에 보이는 것만 쫓는 사람들은 한때 돈을 벌었다고 하더라도 결국 망하더라. 행복하지도 않더라… (중략)"* [4]

나 자신을 바로 세우고 싶은 마음이 굴뚝같았던 저는 그 글을 읽자마자 그 투자자가 운영하는 카페에 가입했습니다. 마침 닉네임이벤트를 하고 있어서 얼떨결에 이벤트에까지 참여하게 되었어요. 제 아이디는 '빠

4] https://www.hankyung.com/realestate/article/201802193734e

권세나입니다 ——————

른 은퇴'였고, 그런 닉네임을 짓게 된 사연을 담담히 적었습니다. 부모님에게 서울집 한 채가 있었더라면 일을 놓고 편안하게 노후를 보낼 수 있었을 텐데, 노동소득만 아시며 한평생 열심히 사신 부모님에게 남은 것은 병들고 궁핍한 삶일 수도 있다는 생각에 마음이 한없이 괴로웠습니다. 그리고 우리 부부의 삶도 우리 부모님과 다를 바 없을지도 모른다 생각하니 당장 뭐라도 해야 했습니다. 이왕 할 거면 열심히 해서 외벌이로 밤낮없이 고생한 우리 남편 빨리 은퇴할 수 있도록 하자는 마음으로 지은 닉네임이었습니다.

지난 제 삶을 반성하고 가족을 위해 심기일전하겠다는 마음으로 글을 적었는데, 많은 사람이 '감동했다, 멋있다, 힘내라'는 댓글을 달아줬습니다. 그런 칭찬을 듣는 게 너무 뜻밖이었어요. 아빠가 아픈 뒤로 끊임없이 자책하며 스스로를 벼랑 끝으로 몰던 저였지만, 모르는 사람들이 달아준 댓글을 읽자 왠지 모르게 다시 한번 잘 해낼 수 있을 것 같은 용기가 생겼습니다.

닉네임이벤트에 이어 '66일 챌린지'에도 참여했습니다. 66일간 한 가지 행동을 반복해서 자기 삶으로 만들자는 취지였어요(하나의 행동이 습관으로 굳어지는 데 66일이 걸린다는 연구 결과가 있습니다). 뭐 하나 꾸준히 해본 적 없는 저였지만 일단 참여했습니다. 참여해놓고 보니 뭘 할지 걱정이 앞섰어요. 운동, 영어 공부, 독서… 무엇 하나 자신이 없었습니다. 정말 즐거워서 하는 게 아니라면 여지없이 중도 포기할 거라는 걸 스스로 잘 알고 있었거든요.

그러다가 아프리카에서 2년 동안 페이스북을 했던 게 생각났습니다. 아프리카는 치안이 불안해서 밤에 돌아다닐 수가 없습니다. 하루에도 몇 번씩 정전되기 일쑤였고요. 밤에 전기가 나가면 책상에 앉아서 즐겁게 했던 일이 바로 글쓰기였습니다. 전기가 들어오는 동안 노트북을 충전해 뒀다가 정전되면 배터리가 0이 될 때까지 글을 썼습니다. 깜깜하고 고요한 나만의 공간에서 글을 쓰다 보면 마음속에 행복이 차올랐던 기억이 났습니다. 그래서 글쓰기로 66일 챌린지를 시작했어요.

이번엔 주제가 고민이었습니다. 66일간 꾸준히 쓸 수 있는 것이어야 했는데, 직업도 없고 이렇다 할 경력도 없다 보니 주제를 정하기도 힘들었습니다. 내가 가장 잘 아는 것, 내가 가장 자신 있는 것을 찾다 보니 남편이 떠올랐습니다. 고작 내가 쓸 수 있는 주제가 '남편'이라고 생각하니 마음이 조금 복잡했습니다. 30년 넘게 살아오면서 제가 이뤄놓은 게 아무것도 없다는 생각이 들어서였죠. 그래도 제가 가장 잘 쓸 수 있는 이야기였기 때문에 남편에게 편지를 쓰듯 담담하게 글을 적었습니다. 그 누구보다 남편이 글을 읽고 제 마음을 알아준다면 그걸로 좋겠다는 마음뿐이었습니다.

그런데 66일 챌린지를 함께 하던 분들이 제 이야기에 댓글을 달아주기 시작했습니다. 응원과 격려의 글을 읽자 말라가던 자존감이 다시 움트는 기분이었습니다.

하루는 저를 그 카페로 이끈 투자자분과 일대일 면담 기회가 생겼습니다. 흔치 않은 멘토와의 만남이라 기대도 컸지만 혼날 각오도 단단히 했습니다. 그분이 강조하던 게 '자기경영'이었기 때문에 끈기 없고 자기 관리 안 되는 제가 긴장하는 건 당연했어요. 어떤 말을 들어도 상처받지 말자고 다짐했습니다. 그런데 그분은 의외의 첫인사로 저를 맞이해주셨어요.

"잘 살아오셨네요."

어안이 벙벙했습니다. 진심인지 반어법인지, 제가 잘못 들은 게 아닌지 많은 생각이 들었어요. 그분은 제가 블로그에 쓴 글을 읽고 많은 조언과 격려를 해주셨습니다. 기대도 안 했던 말을 들으니 처음에는 말문이 막혔고, 이내 눈물이 쏟아졌습니다. 저를 짓누르던 삶에 대한 회한, 가족들을 향한 미안함, 죄책감 등이 눈물이 되어 터져 나왔습니다.

아빠가 암에 걸린 뒤 일어났던 모든 힘든 순간이 제 탓이라고 생각했습니다. 친정엄마는 곧잘 제게 '넌 게으르고 끝까지 하는 게 없다'고 하셨어요. 마음 아픈 말이었지만 그게 사실이라서 제대로 된 반박도 할 수 없었습니다. 엄마 말대로 제가 뭐 하나 제대로 하는 게 없어서 그런 힘든 상황을 겪는 거라고 생각했어요. 매일 자책하고 기가 바짝 죽은 상태였습니다. 사회적으로 성공한 사람이 나를 보면 얼마나 한심할까, 눈치만 보던 찰나에 그분의 위로는 커다란 위안으로 다가왔습니다.

그게 시작이었습니다. 누군가 내 삶을 가치 있게 봐주자 저 자신에 대한 믿음이 생기기 시작했어요.

눈물로 뿌린 ────────

씨앗에

싹이 텄을 때

점점 저를 드러내기 시작했습니다. 남편 얘기 말고는 아무것도 적을 게 없다고 생각했는데, 언제부턴가 제 이야기와 생각을 자유롭게 블로그 세상에 펼쳐놓기 시작했어요. 그동안 세상의 비난이 무서워서 저를 꼭꼭 숨기기에 바빴는데, 생각해보니 세상은 저를 비난한 적이 없었습니다. 제가 저를 비난하고 부끄러워했던 것이었죠.

제게 용기를 주고 싶어서 시작했던 블로그였는데, 제 삶을 보고 용기를 얻었다는 사람도 생기기 시작했습니다.

아빠가 폐암 판정을 받았을 때, 제가 가장 먼저 했던 일은 인터넷 검색이었습니다. 폐암이 어떤 병이고, 얼마나 살 수 있는지, 완치 후에도 건강히 사는 사람들이 있는지 궁금했어요. 하지만 그런 사례를 찾기가 하늘의 별 따기만큼 어려웠습니다.

주위에선 요즘 암은 병도 아니라는 말들을 쉽게 했지만, 아무것도 들리지 않았어요. 제게는 살아있는 희망의 증거가 필요했는데, 그런 사람은 제 주위에도 인터넷에도 없었습니다.

저는 친정 아빠가 '살아있는 희망'이 되길 바라는 마음으로 블로그에

<친정 아빠의 폐암 3기 치료기>라는 카테고리를 만들어 치료일기를 적기 시작했습니다. 어떤 결과가 나올지는 몰랐지만, 누군가는 제 글을 보고 희망을 갖길 바랐어요.

언제 치료를 시작했고, 어떤 항암치료를 받았으며, 수술 경과는 어땠는지 꾸준히 기록하기 시작했습니다. 그러던 중 아빠가 폐렴에 걸려 응급실에 몇 번 가게 되면서 치료가 잠시 중단되었던 적이 있었어요. 저의 치료일기도 자연스럽게 중단되었지요. 치료일기는 적지 못했지만 소소한 일상은 꾸준히 포스팅했는데 생각지도 못한 댓글이 달리기 시작했습니다.

> "치료일기에 다음 글이 안 보여서 가슴이 철렁했어요. 다행히 다른 글에 아빠 얘기가 있네요. 괜찮아지셨다니 다행입니다."

제 생각과 경험이 누군가에게 도움이 되고 있다는 걸 확인하는 순간이었습니다. 아빠가 아픈 건 비극이었지만 포스팅하길 잘했다는 생각이 들었어요. 아빠 앞에서는 늘 쑥스러운 딸이었는데 포스팅을 핑계 삼아 용기 내어 아빠와 셀카도 찍었습니다. 절망적인 상황이지만 환히 웃는 우리 가족의 모습이 사람들에게 희망이 된다는 것이 저에게도 큰 힘이 되었습니다.

블로그 안에서는 더 이상 제가 쓸모없는 사람이 아니었어요. NGO 활동가로 아프리카에 가야지만 남을 도울 수 있는 게 아니라는 걸, 엄청난 영향력을 가진 사람이 아니라도 누군가에게 희망을 줄 수 있다는 걸 블로그를 통해 배웠습니다.

육아를 몰라서 시작했던 블로그는 제 인생의 많은 부분을 바꿔놨습니다. 육아를 배우며 점점 엄마가 되었고, 미니멀 라이프을 하며 내려놓음과 비움을 배웠습니다. 재테크에 관심을 가지며 현실에 눈을 떴고, 남편의 희망퇴직과 친정 아빠의 투병기를 공개하며 사람들에게 힘을 주고 힘을 얻었습니다. 30대가 되어 다시 대학에 다니는 일상을 적은 포스팅은 많은 엄마들에게 지금까지도 큰 지지를 받고 있습니다.

그것만으로도 큰 기쁨이었는데 저도 모르는 사이에 많은 씨앗이 뿌려지고 있었나 봅니다. 블로그에 차곡차곡 적은 글들이 저도 모르는 사이에 싹을 틔웠습니다. 블로그로 인해 강의를 하고, 댓글로 인연을 맺은 부동산 대표님과 약국 계약을 하고, 약국신문에 짤막한 기사도 기고했습니다.

무엇보다 중요한 건 스스로에 대한 불신으로 가득 찼던 제가 다시 꿈꾸기 시작했다는 점입니다. 누군가의 아내, 엄마, 딸이 아닌 저 자신을 위해 오늘도 저는 블로그에 글을 적습니다.

김은아입니다

블로그
https://blog.naver.com/euna841006

·

인스타그램
https://instagram.com/lovelysophia100

낮에는 두 아이의 엄마로,
밤에는 글 쓰는 블로거로 살고 있습니다.
30대 후반이 된 지금도 내가 뭘 좋아하는지, 뭘 잘하는지 몰라
시행착오를 겪으며 '나'를 찾아가는 중입니다.

제가 가진 대학 졸업장과 석사 학위는

그냥 '종이'에 불과하다는 것을 알게 되었습니다.

저는 뭐든 할 수 있었는데,

할 수 있는 게 아무것도 없었어요.

나를 갉아먹던

에너지 ————

뱀파이어

다른 사람의 긍정적인 에너지를 빨아먹고 상대를 지치게 만드는 사람을 '에너지 뱀파이어'라고 합니다. 제 주변에는 유독 저를 옭아매고 무시하는 에너지 뱀파이어가 많았습니다.

그 아래서 저는 그저 흐르는 대로 살았습니다. 미래를 생각해본 적도, 목표도 꿈도 없었죠. 뭐 먹을래? 물으면 '아무거나', 어디 갈래? 물으면 '어디든'이라고 말하는 사람. 추구하는 게 없으니 열심히 살려는 노력도, 뭣도 안 하는 열정 없는 사람이었어요. 좋게 말하면 부모님 말씀 잘 듣는 순종적인 딸이었고, 현실적으로 말하면 아무 생각 없이 사는 사람이었습니다.

그러던 대학 입시를 앞둔 어느 날, 한 대학교에서 학과홍보를 위해 찾아 온 적이 있었습니다. 노인들을 치료하고 도움을 주는 학과라는 말이 단숨에 저를 사로잡았죠.

어렸을 적부터 할머니 할아버지와의 유대감이 남달랐던 저는 그 학교, 그 학과에 가야겠다고 생각했습니다. 태어나서 처음으로 '목표'라는 게 생긴 순간이었어요.

그렇게 난생처음 생긴 목표를 향해 달렸습니다. 뭐부터 어떻게 시작해야 할지 몰라 일단 학원에 다니며 공부해야겠다고 생각했어요. 늘 수동적이었던 제 입에서 '학원'과 '공부' 이야기가 나오니 부모님도 내심 기대하는 눈치였습니다.

하지만 제가 가고 싶은 학과를 밝히자 부모님은 큰 충격을 받으셨어요. 부모님은 제가 서울에 있는 대학에 가길 바랐는데, 제가 원하는 학과는 지방에만 있었거든요. 부모님 기준에선 생전 들어보지도 못한 낯선 학과에 가겠다고 하니 기함할 노릇이었지요.

예상대로 부모님 반대는 극심했고, 결국 저는 부모님이 정해준 학교의 '아무 과'에 순순히 진학했습니다. 반항 아닌 반항이었어요. '그 학교에 들어가서 제가 행복해지나 불행해지나 한번 보세요.'라고 외쳤습니다. 물론 마음속으로요.

바보 같은 선택은 바보 같은 결과를 불러왔습니다. 공부는 못했어도 친구는 많았던 저였는데, 대학까지 가서 생애 최초 왕따를 경험할 줄은 몰랐어요. '아싸'로 잘 포장하며 묵묵히 학업에 전념하는 컨셉을 잡기도 어려웠죠. 대학 생활은 낯설었고, 원하던 진로가 아니었으니 의욕도 없고, 의지할 친구도 없고, 소심한 성격이라 동아리를 찾아가는 것도 힘들었어요.

저는 캠퍼스에 핀 꽃이 질 때까지 매일매일 눈물을 짜며 버텼습니다. 그러다 결국 도저히 안 될 것 같아서 부모님께 편지를 썼어요. 너무 힘들어서 못 다니겠다고, 죄송하다고.

그렇게 저의 반항은 6개월이라는 시간과 수백만 원의 돈을 날리는 업적을 세우고야 끝이 났습니다. '싫어요' 한마디를 못해서 벌어진 일이었어요. 스무 살이 되도록 꿈도, 계획도, 내가 뭘 좋아하는지, 어떤 사람인지도 모른 채 살아온 결과였습니다.

저는 결국 1년의 재수 생활을 거쳐 원하던 학과에 다시 입학했습니다. 가족들 품으로 돌아와 친구들도 종종 만나고, 하고 싶었던 공부까지 하니 그 힘들다는 재수 생활도 즐거운 마음으로 견딜 수 있었어요.

내 인생의

――――――――――― 터닝 포인트

저는 결혼 전 장애 아동을 치료하는 작업치료사로 일했습니다. 재수까지 한 후 원하던 대학에 입학해서 지겨울 틈 없이 재밌게 공부했고, 꿈꾸던 직업까지 가졌던 터라 일에 대한 만족도도 컸어요.

센터에 다니는 아이들은 감정 조절도 힘 조절도 어려운 경우가 많아서 일하다 보면 제 얼굴이나 몸에 상처 나는 일이 다반사였습니다.

그래도 제가 치료한 아이들이 가위질을 좀 더 잘하게 되고, 안 먹던 음식을 먹기 시작하고, 걷지 못했던 아이가 조금씩 걸으며 성장하는 모습을 볼 때면 제 몸에 상처가 나든 말든 뿌듯하고 행복한 마음만 들었어요.

그날도 한 친구가 제 얼굴을 꼬집어 상처가 났는데, 대수롭지 않은 일이라 대수롭지 않게 얘기했던 게 화근이었습니다.

"어떻게 '여자' 얼굴에 상처를 낼 수가 있어!"

그 당시 남자친구(현재 남편)의 말에 저는 적잖은 충격을 받았습니다. '여자'라는 단어와 속상해서 언성이 높아지던 남자친구의 목소리가 무척 낯설었거든요. 누군가가 나를 위해주고 있다는 생각이 들자 마음 깊숙한 곳에서 자존감 한 톨이 '뽀각' 터지는 기분이었습니다.

저는 어렸을 때부터 '키가 작다, 낯을 너무 가린다, 예쁜 구석이 없다' 는 등의 부정적인 말들을 자주 듣고 살았어요. 그러다 보니 매사에 자신 감도 없고 자존감도 낮은 사람이었습니다. 세상에서 가장 어려운 일이 나를 사랑하는 거였고, 남들 눈치를 살피며 비위나 맞추는 게 도리어 쉬웠어요.

그랬던 저를 온전히 존중하고 사랑해주는 사람을 만나니 저 역시 달라지기 시작했습니다. 무색무취였던 제게 색깔이 생기고 향기가 나는 것 같았죠. 저는 먹고 싶은 메뉴를 고르고, 가고 싶은 곳을 말하기도 했어요. 남들은 당연하게 했던 일들을 저는 20대 후반이 되어서야 시작했던 것 이었습니다.

그렇게 억눌렸던 자아가 터지니 자꾸 새로운 걸 도전해보고 싶고, 뭐든 할 수 있을 것 같은 용기도 솟았어요.

결국 30대를 코앞에 두고 난생처음 '혼자' 해외여행을 시도했습니다. 마침 고등학교 때 친구들이 영국과 독일로 유학을 가 있었는데, 그 둘이 유럽에서 만난다는 소식을 듣고 저도 합류하기로 한 거였죠.

유럽이 어디 붙어있는지도 몰랐지만 무조건 가야겠다고 생각했어요. 장롱을 뒤져 여권을 찾아내고, 서점에 들러 유럽 여행책을 샀습니다. 할 줄 아는 영어라고는 '아임 파인 땡큐, 앤드 유'가 전부인 수준이었지만, 어디서 나온 자신감인지 프랑스까지 찍고 올 생각으로 유로스타 티켓까지 알아보는 저를 발견했습니다.

사실 여행을 준비하면서도 내심 걱정스러웠습니다. 그중 가장 큰 고민은 '부모님이나 남자친구가 가지 말라고 하면 어떡하지?'였어요. 용기 있는 척했지만, 저는 그때까지도 저 자신보다 다른 사람들의 기분이 중요했던 사람이었습니다.

며칠을 고민한 끝에 남자친구에게 이야기를 꺼냈습니다. 혼자 유럽에 다녀올 예정이라고. 제 말을 들은 남자친구는 아무렇지도 않게 '잘 준비해서 다녀오라'고 했어요. 반응이 너무 심심해서 서운할 지경이었지만 내 편을 얻은 것 같아 든든했습니다.

똑같은 얘기를 부모님께 했더니 아니나 다를까 집안이 발칵 뒤집혔어요. 그 영어 실력으로 어딜 가냐며, 국제 미아가 되고 싶은 거냐며… 엄마의 잔소리가 시작되었죠. 엄마는 항상 저를 아끼는 마음에 일어나지도 않은 일에 대한 걱정을 가불처럼 당겨 저에게 나눠주던 분이었습니다. 그 덕분에 그날도 저는 엄마 앞에서 영어 한마디 안 하고도 영어를 못 하는 사람이 됐고, 대한민국 하늘 아래에서 국제 미아가 될 것을 미리 걱정해야 했어요. 우려하던 일이 현실이 되자 힘이 쭉 빠졌습니다.

내 인생에 도전은 무슨, 모두 헛된 꿈이라는 생각이 들던 찰나에 '한번 가봐!'라는 아빠의 허락이 떨어졌어요. 무슨 생각으로 허락하신 건지 여전히 알 수 없지만, 저는 아빠의 말 한마디에 날개를 달고 하늘을 날았습니다.

누군가 제게 인생의 터닝 포인트가 언제였는지 묻는다면, 저는 자신 있게 '유럽을 누비던 시간'이었다고 얘기할 겁니다. 매사 자신감도 없고, 영어 한마디 못하던 제가 뭔가를 '해냈던' 유일한 순간이었으니까요.

유럽에서 보냈던 2주는 저를 꽁꽁 묶고 있던 밧줄을 끊고 달리는 기분이었습니다. 그렇다고 우아한 여행을 했는가 하면 그것도 아니었어요. 저의 유럽 여행은 어리바리로 시작해 좌충우돌로 끝난, 장르가 뒤섞인 영화 같았습니다.

스펠링을 제대로 못 읽어서 남자 화장실 들어가기, 커피 주문하다가 직원한테 발음 과외받기, 영어로 길 물었다가 무시당하기, 손짓발짓 하다가 무시당하기, 다른 커피도 마시고 싶은데 말이 안 통해 라테만 먹기, 유로스타로 파리에 갔는데 입국 심사 안 했다고 잡혀갈까 봐 반나절 동안 기차역에서 대기하기….

다시 생각해도 진땀 나는 상황의 연속이었습니다. 굶지 않으려면 원하는 걸 말해야 했고, 길에서 자지 않으려면 목적지를 정해야 했어요. 내가 살려니 남들 눈을 의식할 새가 없었습니다. '아무거나', '아무 데나'라고 말해도 대신 결정해 줄 사람 하나 없는 유럽이었으니까요.

곧잘 주눅 들고, 남의 눈치만 살피던 제가 타인의 시선에서 자유로워지던 순간이었습니다. 그리고 그 시작은 '한번 가봐!'라는 아빠의 격려, '잘 다녀와'라는 남자친구의 응원에서 비롯되었죠.

말 한마디의 힘을 알게 된 저는 그때부터 주변 사람들의 눈치를 살피는 대신, 제 주위에 누가 있는지를 눈여겨보기 시작했어요. 에너지 뱀파이어들로부터 저를 지켜 줄 사람이 필요했거든요.

엄마가 되고
내가 ──────── 사라졌다

저를 꾸준히 응원해줬던 남자친구와 결혼을 하고, 곧 아이가 찾아왔습니다. 제가 다니던 직장은 임신하면 퇴사해야 했던 곳이어서 출산을 앞두고 자연스럽게 전업주부가 되었습니다. 자연주의 출산을 한 터라 무통 주사를 맞을 수가 없어서, 몇 번의 기절 끝에 아기를 만날 수 있었어요. 아기를 품에 안자 '눈에 넣어도 안 아프다'라는 말이 어떤 감정인지 실감할 수 있었습니다.

육아의 고통이 크다지만 제 몸 힘든 건 참을 수 있었습니다. 일상이 없어지고 먹지도, 자지도 못하는 생활쯤은 저만 견디면 해결될 일이어서 괜찮았어요. 하지만 심한 태열로 고통스러워하는 아이에게 아무것도 해줄 수 없다는 건 무척 괴로운 일이었습니다.

우리 아이는 아토피를 앓고 있었는데 심할 때는 진물과 피까지 나서 양쪽 볼이 늘 빨갛게 부르터있었습니다. 기어 다니지도 뒤집지도 못하는 아이가 온종일 누워서 하는 일이라고는 볼을 긁는 거였어요. 긁으면 상처 때문에 아파서 울고, 못 긁게 하면 가려움에 고통스러워하며 자지러지는 날이 반복됐습니다.

보고 있자니 안쓰럽고, 외출은 힘드니 인터넷을 뒤져 아토피에 좋다는 연고나 로션을 구입하기 시작했어요. 좋다는 건 보이는 족족 샀고 끊임없이 택배가 왔습니다. 하지만 아이의 아토피에 큰 도움이 된 제품은 없었어요. 광고 글에 잘도 낚인 거였죠.

동네 소아과를 찾아가도 큰 병원으로 가보라는 말만 할 뿐 뾰족한 방법이 없었습니다. 아이도 울고 저도 우는 날이 계속됐어요. 저도 슬슬 지쳐가던 때라 지푸라기라도 잡는 심정으로 있는 인맥, 없는 인맥을 모조리 동원했습니다. 그러다가 10년도 더 전에 말 몇 마디 나눠본 게 전부인 지인이 대학병원 피부과 의사로 있다는 소식을 들었어요. 염치없었지만 얼굴에 철판 깔고 연락을 드렸습니다. 아이 문제 앞에서는 부끄러움도 소심함도 사라지던 순간이었어요. 다행히 그분의 세심한 진료 덕에 아이의 아토피도 점차 호전될 수 있었습니다.

아이가 점차 나아지자 그제야 집안 구석에 쌓여있는 아토피 연고와 로션들이 눈에 들어왔습니다. 속 타는 마음에 반은 속는 셈 치고 산 제품들이었어요. 아토피는 바르는 제품 외에도 주변 환경과 음식, 심지어 옷감에 따라 재발과 회복이 반복되는데, 그걸 몰랐던 저는 온갖 로션과 크림만 사들였던 거였죠. 내 새끼 아픈 거 낫게 하겠다고 밤낮 정보를 찾아 제품을 샀던 게 결국 '뻘짓'이었다는 생각에 힘도 빠지고 어이도 없었습니다.

그러다가 저처럼 아이들 아토피로 힘들어하는 엄마들이 있을 거란 생각이 들었어요. 제가 의사는 아니지만, 아토피로 고생하는 아이를 키우면서 쌓은 경험을 공유하는 건 괜찮을 것 같았습니다. 급한 마음에 이리저리 '낚이는' 엄마들이 더는 없기를 바라는 마음으로 죽어가던 제 블로그에 틈틈이 글을 쓰기 시작했어요.

<볼 빨간 아기>라는 카테고리를 만들어 그동안 아이에게 적용했던 모든 것을 공유했습니다. 아토피 아기 이유식, 아토피 아기 간식, 목욕 방법, 로션 고를 때 봐야 할 성분, 어떤 로션이 괜찮은지, 연고 바르는 방법 등을 일일이 적어두었죠.

그리고 <볼 빨간 아기>는 유독 엄마들이 많이 찾아주는 글이 되었습니다. 제 예상대로 저와 같은 고민을 하는 엄마들이 많았던 거였어요. 같은 처지의 엄마들끼리 후기를 공유하고 정보를 나누면서 소통하다 보니 그간 힘들었던 제 마음에 감동이 밀려왔습니다.

집에서 육아만 하던 제가 누군가를 도울 수 있다는 사실이 기뻤고, 사소한 지식도 누군가에게는 큰 정보가 된다는 걸 알게 되었죠.

그렇게 첫째가 10개월쯤 되자 애써 외면하고 있던 또 다른 불안감이 스멀스멀 고개를 들었습니다. 아이가 성장할 때마다 바뀌는 육아용품과 챙겨야 할 것들이 그렇게나 많은지 미처 몰랐어요. 무럭무럭 자라는 아이를 보며 마냥 행복해하다가도 늘어나는 지출을 생각하면 마음이 답답해졌습니다.

아이는 크는데 수입은 뻔하니 지출을 줄일 방법을 찾기 시작했어요. 기저귓값 아껴보겠다고 천 기저귀를 빨아 써봤지만 만만치 않은 노동력에 병원비가 더 들 것 같아 포기, 옷이며 장난감이며 주위에서 물려받아 쓰는 것도 한계가 있었습니다.

당장 일을 하자니 아이가 너무 어린 게 마음에 걸리고, 나날이 불안한 마음만 커지던 찰나에 희소식까지 들려왔어요.

둘. 째. 임. 신.

분명 희소식은 희소식인데, 덮어놓고 좋아할 수는 없었어요. 정말 뭐라도 해야 하는 상황이 닥친 것이었습니다. 태교는 잠시 미뤄두고 파트 타임이나 집에서 아이를 돌보며 할 수 있는 일을 찾기 시작했습니다. 부업, 재택근무, 재택 부업 등을 열심히 검색해 봐도 대부분 광고거나 의도가 미심쩍은 일들뿐이었어요.

그러다가 제 눈에 띈 글이 '하루 4시간 워킹맘', '블로그로 수익 창출', '디지털 노마드'였습니다. 집에서 하루 4시간만 투자하면 돈을 벌 수 있다는 말에 헛웃음이 났어요. 마침 '블로거지'들이 횡행하며 이슈를 몰고 다니던 시기라 부정적인 생각만 들었거든요.

그 뒤로도 저는 얼마간 인터넷을 들락거리며 열심히 일자리를 찾았습니다. 그리고 현실을 직시하게 됐죠. 어린아이와 뱃속에 더 어린 아기까지 있는 저를 환영할 곳은 대한민국 어디에도 없다는 것, 제가 가진 대학 졸업장과 석사 학위는 그냥 '종이'에 불과하다는 것을요. 저는 뭐든 할 수 있었는데, 할 수 있는 게 아무것도 없었어요. 답답했습니다. 블로거지라도 하느냐, 그냥 거지가 되느냐 결단을 해야 했습니다.

'엄마'라는 ——— 완벽한 핑계

블로그로 수익을 창출한다는 게 아무래도 의심스러워서 후기라는 후기는 모조리 찾아 읽었습니다. 한 달 과정이 10만 원이었는데 금액도 금액이었지만 더는 이리저리 낚이는 '삘짓'은 그만하고 싶었거든요.

그렇게 열심히 정보를 찾고 그나마 믿음이 가는 곳에서 강의를 들어보기로 했어요. 그렇게 본격적인 블로그 인연이 시작되었고 총 세 번의 강의를 듣게 되었죠. 그 강의에서 가장 강조하던 과제는 '나만의 콘텐츠'를 만드는 것이었는데, 오랜 시간 육아만 하며 살았더니 '나'를 찾는 게 무엇보다 어려웠습니다.

내 아이가 뭘 좋아하는지, 뭘 잘 먹고, 이가 몇 개인지, 오늘 응가를 했는지 안 했는지 등을 쓰라면 열 장도 넘게 쓸 수 있었는데, 화자가 '나'가 되니 머리가 지끈거렸습니다.

뭐라도 건질까 싶어 그간 틈틈이 해왔던 블로그를 뒤져봐도 온통 아이에 대한 글만 있을 뿐, 저에 대한 글은 한 줄도 없다는 걸 알게 되었어요. 방탄소년단 '팬질'을 하며 태교하던 게 엊그제 같은데 어느새 두 아이의 엄마만 남았을 뿐, '나'는 사라진 지 오래였던 겁니다.

저를 존중해주는 남편과 결혼하면 자존감을 펼치고 훨훨 날 줄 알았는데 그럴 새도 없이 엄마가 되었고, 그걸 깨달을 정신도 없었다는 생각이 들자 저 자신이 안쓰럽게 느껴졌습니다. 시간이 걸리더라도 더 늦기 전에 '나'를 다시 찾아보자는 결심을 하게 만든 과제였어요.

이어진 과제는 1일 1포스팅이었습니다. 9명의 조원이 하루에 한 편씩 각자의 블로그에 글을 올리고 그중 MVP를 뽑는 방식이었어요. 저는 MVP를 노리기는커녕 글을 쓸 소재도 찾지 못해 차일피일 미루며 시간을 보냈습니다. 아무도 궁금해하지 않을 개인적인 내용 말고, 소비자들이 궁금해할 만한 글을 적는 게 관건이었는데, 저한테 그런 게 있을 리가 없잖아요.

과제는 해야 하는데 임신 초기라 잠은 쏟아지고, 10개월 된 첫째는 엄마 껌딱지가 되어 온종일 저를 따라다녔어요. 그 와중에 소재를 만들어 글까지 쓴다는 게 보통 일이 아니었습니다. 제가 온갖 핑계를 찾는 동안 저와 같은 조원들은 시간이 부족하다며 새벽 3시에 일어나고, 컴퓨터가 없으면 PC방엘 가고, 회사에서 일하다 말고, 육아하는 틈틈이, 대학에 다니면서 포스팅하는 초능력(?)을 발휘했어요. 정신이 번쩍 들었습니다. 뭐라도 써야 한다는 압박감에 쏟아지는 잠을 쫓으며 첫째 아이 아토피 이야기를 겨우 적었고, 그 글이 한 달 여정의 처음이자 마지막으로 공동 MVP가 됐습니다.

하지만 공동 MVP라는 말에 자신감이 사라졌어요. 조원들 9명의 마음을 얻는 것도 이렇게 힘든데, 수많은 사람을 제 블로그로 끌어들이는 게 가능할까? 고민만 깊어졌습니다.

수익화를 생각하며 열심히 하려 했던 블로그였지만 '안 될 것 같아', '못할 것 같아', '너무 어렵다'라는 생각만 하니 곧 흥미도 사라졌습니다. 저의 고질병이 다시 도졌던 겁니다. 과거 남들이 하는 온갖 걸 따라 하다 때려 치기를 반복하던 제 모습이 새삼 떠올랐어요.

대학 다니다 자퇴하고, 새벽 영어 듣다 말고, 저녁 영어 듣다 말고, 원어민 수업 듣다 말고, 새벽 수영 하다 말고, 겨울에는 핫요가지! 패기 있게 시작했다가 얼마 못 가 관두고, 필라테스 하다 말고, 캘리그라피 재료 몽땅 사놓고 시작도 안 하고, 대학원 석사 따고 취직해서 일 좀 하다 말고, 부동산 스터디 가입해서 친목만 하다 끝나고, 온라인 유료 영어 가입한 뒤 접속 안 하고, 이번엔 블로그까지….

참 열심히 산 것 같은데 남은 게 없었어요. 제 자신이 한심했습니다. 엄마가 된 후 내가 사라졌다고 서러워하던 제 자신이 참 웃겼습니다. 생각해보면 뭐 하나 끈기 있게 해놓은 것도 없어서 원래부터 사라질 게 없었어요. 괜히 아이 핑계, 육아 핑계나 대며 합리화하던 거였죠. 저의 적나라한 모습을 마주하자 쥐구멍이라도 파서 숨고 싶었습니다.

네이버 메인에서
리뷰의 여왕까지 ————

나름 자기반성(?) 시간을 가진 후 잠잠하게 지냈습니다. 평소와 다름없이 대부분 시간을 육아하며 보내던 어느 날, 이웃분이 제 블로그에 댓글을 달아주셨습니다.

"쪼매난 새댁님, 부모i 당첨자 닉네임이 떴는데, 쪼매난 새댁님 같아요."

댓글을 읽자마자 부모i[1] 당첨자 게시판을 확인했는데 거기에 정말 제 닉네임이 있었습니다. 아이의 첫걸음마를 본 순간처럼 짜릿했어요.

한참 자괴감에 빠져 이걸 계속해야 하나 말아야 하나 고민하고 있을 때 한 강사님의 권유로 부모i에 응모했던 글이었습니다. 열심히 썼지만 큰 기대는 안 했던 터라 응모 후에 까맣게 잊고 지내던 참이었는데 그 글이 네이버 메인에 뜬다니! 쏟아지는 잠을 참고 배땡김을 견디며 노력했던 결과여서 감격 그 자체였습니다.

2018년 10월 15일 네이버 메인에 글이 올라가던 날, 동네방네 전화를

1] 네이버에서 운영하는 카테고리 중 하나. 엔터, 스포츠, 푸드, 웹툰, 리빙, 경제 등 다양한 분야가 있고, 각 주제별로 '오늘 읽을 만한 글'을 선정해 메인 화면에 노출됩니다.

걸어 자랑하고 지인들이 모인 단톡방에 부지런히 소식을 날랐습니다. 제가 쓴 글을 제 눈으로 읽으면서도 믿기지 않을 만큼 행복했어요. 뭔가 해냈다는 성취감이 그토록 짜릿한 건지 처음 알았습니다.

그리고 그날의 블로그 방문자 수도 수천 명에 달했습니다. 하루에 100명 남짓 들어오던 블로그가 활기를 띠자 어안이 벙벙했어요. 늘 아이를 통해 웃고 행복함을 느꼈었는데, 그날 하루는 오롯이 제가 만든 행복을 마음껏 누렸습니다. 그리고 생각했습니다.

'나도 뭔가 할 수 있을 것 같아'

하지만 들뜬 기분은 오래 가지 못했습니다. 네이버 메인에 오른 덕에 일시적인 이슈는 됐지만 얼마 뒤 거품이 꺼졌습니다. 방문자 수도 예전과 같아졌고요. 당연한 결과였습니다. 사람들을 사로잡을 만한 콘텐츠가 제 블로그엔 없었기 때문이었죠. 그래도 괜찮았습니다. 무슨 자신감이었는지 콘텐츠는 만들면 되고, 사람을 홀리는 글은 다시 쓰면 된다고 생각했어요.

감격의 순간을 한번 맛보자 글 쓰는 게 조금 재미있어지고 자신감도 생긴 상태였습니다. 블로그를 재정비하고 나만의 색깔을 담은 글을 써볼까 잠시 고민했지만 얼마 못 가 생각을 바꿨습니다.

아이 둘에 외벌이. 집안 경제에 보탬이 되고 싶어서 수익화 강의도 듣고 블로그를 시작한 건데, 글쓰기 연습에 시간과 돈을 투자하는 게 사치같이 느껴졌습니다. 조금이라도 지출을 줄여 가계에 도움이 될 수 있는 게 필요했어요.

그 시기에 제 눈길을 사로잡았던 글은 딱 하나였습니다. 블로그 하단에 적힌 '업체로부터 제공 받아 적은 후기입니다'라는 말. 우리 딸들도 좋아하는 건데, 다른 사람들은 글재주가 좋아서 무료로 받기까지 하다니! 정말 부러웠어요. 저도 뭐라도 해서 가계에 도움이 되고 싶다는 마음만 간절했습니다.

기저귀라도 한 팩 받아서 남편의 부담을 조금이라도 덜어주고 싶은 마음에 결국 시작한 게 체험단[2]과 서포터즈[3]였습니다. 다른 사람들은 명언이나 감동적인 글을 블로그에 적을 때, 저는 열심히 응모 글을 썼어요.

아이들에게 필요한 물품 위주로 체험단 응모를 시작했지만, 처음엔 쉽지 않았습니다. 그렇게 몇 번의 탈락 끝에 받은 첫 번째 제품은 물티슈였어요. 택배가 도착하던 날 아이와 함께 신나서 박스를 뜯었습니다. 남편은 내심 실망한 눈치였지만 저에겐 '고작' 물티슈가 아니었어요.

그 누구도 저에게 눈에 드러나는 성과를 가져오라고 하지 않았지만, 저 스스로 목말라 있었던 모양입니다. 두 아이를 키우는 것도 물론 대단한 일이지만, 제가 여전히 육아 말고도 뭔가를 할 수 있다는 걸 확인하고 싶었습니다.

회사에 다닐 땐 제 능력치가 수치화돼서 '내가 뭔가를 하고 있구나'라는 생각이 들었는데, 육아와 집안일은 그런 게 없으니 점점 작아지는 기분만 들었거든요. 그랬던 저에게 물티슈 한 박스는 큰 도약을 위한 발판에 불과했어요.

그 후로도 2만 원짜리 중고 유모차를 타던 아이에게 새 유모차가 생겼

2] 기업 차원에서 조직한 소비자 집단. 출시를 앞둔 상품이나 서비스 등을 미리 이용해보고 품질을 평가하는 일을 합니다.

3] 상품의 개발 등을 위해 제품이나 서비스 등을 미리 체험해보고 평가하는 일을 합니다.

고, 책이며 식품, 장난감 등 웬만한 아이들 물건은 서포터즈와 체험단 활동을 통해 차곡차곡 장만했어요.

외벌이로 생활비가 빠듯해 원하는 것을 마음대로 사지 못했는데, 그간의 답답함이 해소되는 기분이었습니다. 당첨된 제품을 아이가 신나게 가지고 놀거나 행복해하는 모습을 보면 제 '역할'이 생긴 것 같아 기뻤어요.

나!

──── 이런 사람이야

　제가 할 수 있는 일이 생기자 점점 의욕도 생기고, 활기가 돌기 시작했습니다. 아이를 위해, 그리고 저를 위해 예전보다 적극적으로 블로그를 하고, 이웃들과 소통하며 지냈어요.

　그러던 어느 날, 남편과 아이가 놀고 있는 걸 가만히 지켜보는데 아이 말투에서 묘하게 거슬리는 부분이 있었습니다.

"아빠, 그거 아니거든! 이거 아니잖아!"

　짜증 섞인 듯한 말투로 얘기하는 아이를 보며 '왜 저렇게 얘기를 하지? 저런 말투는 어디서 배운 거지?' 생각하던 찰나, 남편의 말이 귓가에 꽂혔습니다.

"엄마랑 똑같이 얘기하네"

　아이는 부모의 거울이라는 명언, 과거에 나를 갉아먹던 에너지 뱀파이어가 떠올라 오싹했습니다. 체험단 활동을 하며 깨끗하고 좋은 물건을 받아주는 데만 정신이 팔려 있었는데, 무엇보다 중요한 걸 놓치고 있다는 생각이 들었습니다.

　그때까지 저는 아이들이 잘못해도 수용해주고 부드럽게 타이르는 다정한 엄마였어요. 솔직히 말하면 '다정한 척했던' 엄마였죠. 끝까지 그런 모습을 보여주고 싶었지만, 슬슬 인내심이 바닥을 드러내고 있던 참이었습니다.

　언제까지 맞지 않는 옷을 입고 가면을 쓴 채 상냥한 사람인 척, 뭐든 할 수 있는 엄마인 척할 수는 없었습니다. 안 하던 걸 하려니 마음도 불편하고 너무 힘들었거든요.

　차라리 조금 부족하더라도 노력하는 엄마, 좋아하는 걸 하며 즐거워하는 엄마의 모습을 보여주는 게 낫겠다는 생각이 들었어요. 그리고 알려주고 싶었죠. '엄마도 한다면 한다'는 사람이라는 걸.

　제가 도중에 포기하지 않고 꾸준히 할 만한 걸 찾아봤습니다. 제 행동을 아이가 그대로 따라 하게 될 테니 이번만큼은 신중하자고 다짐했어요. 제 아이도 저처럼 '때려 치기의 달인'이 되는 건 정말 싫었습니다.

　마침 TV에서 흘러나오던 <겨울왕국> OST('렛잇고' 따라 부르기가 한참 유행하던 시절이었어요)를 흥얼거리며 책을 읽어볼까, 운동을 해볼까 고민했습니다. 노래를 듣는 내내 별생각 없이 웅얼대다가 후렴구 'Let it go'만 목청껏 따라 불렀죠. 그러고는 다시 웅얼대다가 후렴구가 나오면 기다렸다는 듯 목소리를 높이는 저를 발견했습니다.

　그런 제 모습이 조금 부끄럽게 느껴져서 영어 공부라면 어떨까? 라는 생각을 하게 됐죠. 영어에 관심이 많아 새벽 영어, 저녁 영어, 원어민 영어, 토익 등을 끊임없이 시도했지만 줄곧 포기만 했던 애증의 영어. 늘

'꾸준히' 안 되는 게 문제였던 영어 공부를 다시 한번 시도해보고 싶었습니다.

Let it go 가사를 종이에 적어 3주간 달달 외웠습니다. 고3 때도 그렇게까지는 공부를 안 했는데, 나름대로 치열한 저와의 싸움이었습니다. 그 노래를 시작으로 디즈니 OST를 한 곡 한 곡 정복했고, 노래를 외운 뒤 아이들 앞에서 당당히 불렀어요.

점점 영어가 익숙해지자 일상에서도 영어를 쓰기 시작했습니다. 말귀도 안 트인 아이들을 상대로 기저귀를 갈면서, 수유하면서 열심히 영어로 말했습니다. 잘하고 못하고는 중요하지 않았고, 꾸준히 하는 데 의미를 뒀습니다.

그러던 어느 날 아이가 영어로 노래를 부른 적이 있었어요. 시키지도 않았는데 자연스럽게 흥얼거리는 아이를 보자 제 노력이 헛되지 않았다는 걸 느꼈습니다.

영어에 이어서 교구도 만들어 쓰기 시작했습니다. 저는 가정 보육을 해서 장난감도 교구도 어린이집만큼 충분하지 않았어요. 한정된 물건으로 집중력 짧은 아이들과 온종일 놀아주는 것도 한계가 있었습니다.

그래서 엄가다(엄마표 노가다)로 아이가 가지고 놀 만한 걸 만들기 시작했죠. 직접 오리고 색칠하고 붙이고 코팅한 터라 삐뚤빼뚤 어설픈 모양이었지만 아이들이 좋아하며 신나게 가지고 놀면 그걸로 만족했습니다. 엄청난 성취감이 느껴졌어요.

아이를 영어학원에 보냈더라면, 마트에 파는 장난감을 잔뜩 사서 아이가 기뻐하는 모습을 봤더라면 어땠을까요. 기분은 좋았겠지만 성취감은 들지 않았겠죠.

그렇게 저는 삼십 대 중반이 되어서야 타인의 지시가 아닌 제 의지로 성취감을 하나씩 쌓아가며 자존감을 회복하기 시작했습니다.

예전엔 남편에게 기대 '저'를 찾으려고 노력했어요. 남편의 말 한마디에 자신감이 끝도 없이 올랐다가 땅으로 곤두박질치곤 했습니다. 자존감은 스스로 키워야 하는데 타인의 평가만 기다리고 있으니 눈치나 보며 살 수밖에 없었던 겁니다.

하지만 '나'를 찾아준 건 거대한 게 아니었습니다. 하루에 영어 한 문장, 책 한 페이지 읽는 게 전부였어요. 사소한 거라도 하루의 버킷리스트처럼 꾸준히 하다 보면 작은 성취감이 쌓이는데, 이걸 모아뒀다가 우울과 불안이 찾아올 때마다 항생제처럼 썼습니다. 책을 읽고 영어문장을 외우면서 마음의 면역력을 키워놓았던 거죠.

첫째 아이가 5살이 된 지금까지 제 영어 공부가 지속되고 있다는 건 천지가 개벽할 일입니다. 뭐든 한 달 안에 때려 치던 과거의 저를 생각하면 스스로도 놀랍기만 합니다. 무엇이 저를 변화시킨 건지 애써 이유를 찾다가 관두기로 했습니다. 그냥 '나는 원래 할 수 있는 사람이었다'라고 생각하기로 했죠.

ed, have, ——— ing

어느 날 강의 의뢰를 받았습니다. '강의'라는 말에 처음 들었던 생각은 내가? 강의를? 어떻게? 무슨 자격으로? 였어요. 기뻐하기보다 '자격'을 먼저 따지기 시작했죠. 자존감을 찾았다고 생각했지만, 막상 결정적인 순간엔 어김없이 과거의 제가 스멀스멀 나타난 겁니다.

결국 확답을 못 한 채 전화를 끊고 곰곰이 생각해봤습니다.

저는 여전히 틀에 갇혀있었고 당장 그 틀을 깰 용기도 없었지만, 한번쯤은 깨지나 안 깨지나 두드려보고 싶었습니다.

결국 강의를 해보기로 하고도 발등에 불 떨어진 사람처럼 전전긍긍했습니다. 무슨 말을 하지? 괜히 욕먹는 거 아냐? 남들 다 아는 뻔한 이야기일 텐데 시간 낭비했다고 생각하면 어쩌지?…. 오만가지 생각이 머릿속을 뒤집어놨죠.

무슨 말을 해야 '있어 보일까'를 고민하다가 결국 강의 이틀 전에 생각을 바꿨습니다. 부족한 부분을 어설프게 포장해서 어설픈 사람이 되기보다 내가 경험한 것만, 알고 있는 것만 말하기로 했습니다. 그렇게 마음먹으니 어려운 숙제처럼 여겨졌던 강의가 오히려 기다려졌죠.

그렇게 인생 첫 강의를 마치고, 그 후로도 좋은 기회가 이어져 총 6번의 강의를 했습니다. 처음이 어렵지 두 번, 세 번 하다 보니 어느새 그 상황을 은근히 즐기고 있는 저를 발견하기도 했죠. 밤 11시에 가까스로 아이들을 재우고 쪽잠을 잔 뒤 새벽 2시에 일어나 멘트도 적고 혼자 리허설도 했습니다.

강의안을 만들 땐 어떤 디자인이 눈에 잘 들어올까, 어떻게 말해야 왜곡 없이 내 의견을 전달할 수 있을까만 생각했습니다. 강의 후엔 먼저 다가가 피드백을 듣는 건 물론이고요.

이리저리 눈치만 살피며 남들이 먼저 다가와 주기를, 먼저 말 걸어 주기를 바라던 김은아 맞나? 라는 생각이 들 정도로 꿈같은 요즘입니다.

오늘이 힘들어 내일을 생각할 여력이 없던 날이 있었습니다. 우울한 마음을 달랠 방법이 없어 매일 새벽까지 맥주를 마시다 아이 등원 시간을 놓치기 일쑤였고, 저를 위한 밥상도 사치라고 느껴져 일주일 내내 라면으로 끼니를 때우던 적도 있었죠.

생활비가 빠듯해 어쩔 수 없이 시작한 블로그가 저를 이렇게 바꿔놓을지 몰랐습니다. 여전히 눈에 보이는 성과 하나 이루지 못한 평범한 저이지만, 제게 가장 필요했던 자신감과 용기를 얻었으니 모든 걸 얻은 거나 마찬가지라고 생각합니다.

사람은 나이가 들수록 자기만의 취향이 확고해진다고 하던데, 30대 후반이 된 지금도 저는 제가 뭘 좋아하는지 뭘 잘하는지 모릅니다. 여전히 이것저것 시도해보며 시행착오를 겪는 중이지만, 머지않아 저도 저만의 취향을 찾을 거라고 확신합니다.

그때까지는 ed도, have도 아닌 ing로 살아볼까 합니다.

박혜정입니다

블로그
https://blog.naver.com/dreamimp

·

인스타그램
https://instagram.com/dreamwriter77

한 번 뿐인 인생 더는 찌질하게 살고 싶지 않아
무작정 시작한 블로그로 꿈과 일을 찾았습니다.
일하지 않아도 돈을 벌 수 있는 방법을 고민하는
욕심도 꿈도 많은 사람입니다.

작고 사소한 걸 지금부터라도 하나씩 시작해보세요.

남들 눈엔 쓸모없어 보이는 거라도

스스로 가치 있게 느끼면 그만입니다.

내 꿈은

　　1초라도 빨리 ————

어른이 되는 것

　　유년시절 내내 저를 외할머니에게 맡겨뒀던 부모님은 제가 초등
학교에 입학할 때가 돼서야 저를 데리러 왔습니다. 명절 말고는 부모님
얼굴 볼 일이 없었던 저는 부모님을 따라가야 한다는 그 상황이 낯설고
두려웠어요. 외할머니가 없는 새로운 환경에서 살아야 한다는 것 자체가
7살 아이에게는 공포 그 자체였습니다.

　　내키진 않았지만 별수 없이 부모님 손에 이끌려 부산을 떠나 안양으로
올라왔습니다. 사람도 언어도 모든 게 낯설었지만, 무엇보다 놀라웠던 건
집안의 분위기와 내가 살게 될 집이 가난하다는 거였어요.

　　가난은 누가 말해주지 않아도 온몸으로 느낄 수 있는 '감각'이라는 걸
그때 처음 알았습니다.

　　7년 만에 부모님과 동생까지 온 가족이 모여 살게 됐지만 기쁘다는 생
각보다 외할머니에 대한 그리움만 점점 커졌습니다. 외할머니와 살 때는
응석도 부리고 어느 정도의 생떼도 쓰며 살았는데, 오랜만에 만난 부모
님 앞에서는 어리광이나 생떼를 부리는 게 어색했습니다. 부모님이 딱히

눈치를 준 것도 아닌데 알아서 눈치를 살피는 아이가 되었죠.

저는 그때부터 남들 눈치를 살피며 '포기'와 '참는 법'을 터득하기 시작했어요. 갖고 싶은 것, 먹고 싶은 것, 하고 싶은 것이 생겨도 일단은 꾹 참았습니다. 그렇게 참고 참던 어느 날, 고기가 너무 먹고 싶어서 결국엔 용기 내어 엄마에게 말했죠.

'닭고기 먹고 싶어요….'

안 된다고 하면 그걸로 끝이었습니다. 드러누워 떼를 쓴다거나 말대꾸하는 일은 상상할 수도 없었어요. 외할머니와 살 때는 제가 좋아하는 고기를 자주 먹을 수 있었는데, 부모님과 살기 시작하면서 제대로 고기를 먹어본 기억이 없었습니다. 먹는 것뿐만 아니라 모든 면에서 결핍이 생기기 시작했죠.

그러던 어느 날 시골에 계시던 친할머니가 집에 오신 적이 있었습니다. 그날 저녁 밥상 위에는 김이 모락모락 나는 뽀얀 백숙이 올라왔어요. 하지만 무슨 이유에선지 할머니는 백숙에 손도 대지 않으셨습니다. 무거운 침묵만 감돈 저녁식사가 끝났고, 할머니를 위해 만든 백숙은 그대로 연탄 아궁이 위의 은색 양은 냄비 속으로 들어갔습니다.

그토록 먹고 싶었던 닭고기였지만 먹고 싶다는 말도 꺼내지 못했습니다. 식사 내내 바라만 보다가 냄비 안으로 다시 들어가는 백숙을 보며 군침만 삼켰어요.

그날 새벽, 저는 백숙 생각에 도저히 잠을 잘 수가 없었어요. 결국 몰래 부엌으로 나와 식어 빠진 백숙에 손을 대고야 말았습니다. 어둠 속에서 더듬더듬 냄비를 찾아 닭다리인 것 같은 걸 뜯어 입에 넣는 순간, 엄마의 새된 목소리가 들렸습니다.

"누구야!"

부엌 불이 켜졌고, 쪼그리고 앉아 식어 빠진 닭다리를 먹는 저와 엄마의 눈이 딱 마주쳤습니다. 놀란 건 둘째 치고 너무 수치스러웠어요. 인생 처음 '쪽팔림'이 무엇인지 온몸으로 경험한 순간이었죠. 결국 급체로 며칠을 고생한 뒤 그 후로는 백숙을 쳐다보지도 못했습니다.

가뜩이나 어색했던 부모님과의 사이는 일명 '백숙 사건' 이후로 더 어색해졌습니다. 집에서 기를 못 펴니 친구들과도 쉽게 어울리지 못했어요. 아이들은 부산 사투리가 섞인 제 말투가 재미있다며 흉내 내곤 했었는데, 왠지 놀림당하는 기분이 들어서 점점 말수도 적어지고 소심한 아이가 되었습니다.

문맹인 외할머니와 살면서 책이라는 걸 읽어보지 못하고 컸던 저는 초등학교 입학 직전에 부모님 집에 와서야 벼락치기로 한글을 배웠어요. 한글이라고 해봐야 이름 석 자와 '가나다라마바사'만 급하게 외우는 수준이었습니다.

입학일이 점점 다가왔지만 제 한글 실력은 크게 늘지 않았습니다. 부모님과 동생 앞에서 책 읽는 연습을 할 때도 이런저런 지적을 받으니 점점 위축되었죠. 제가 위축된 모습을 보이면 부모님은 또 저를 나무라고… 그렇게 혼나는 일이 잦아지자 점점 더 자신감을 잃고 자존감 낮은 아이가 되어갔습니다.

결국엔 한글을 완벽하게 떼지 못하고 초등학교에 입학했습니다. 선생님이 반 아이들을 둘러보며 "누가 씩씩하게 책 읽어볼래?"라고 할 때마다, 제발 나는 아니길 마음속으로 얼마나 빌었는지 몰라요. 그렇게 있는 듯 없는 듯 학교생활을 하던 저에게 드디어 그날이 오고야 말았습니다.

"오늘은 혜정이가 일어나서 씩씩하게 읽어보자."

어느 날, 갑자기, 느닷없이 '일어나서 소리까지 내어 책을 읽어보라'는 선생님의 지령(?)이 떨어졌습니다. 선생님 말씀에 가슴이 철렁, 다리가 후들후들 떨렸어요. 겨우 자리에서 일어나 개미만 한 목소리로 첫 단어를 읽었는데 목소리가 너무 작다며 다시 읽어보라고 우아하게 재촉하셨죠.

50명이 넘는 반 아이들이 모두 나만 쳐다보는 것 같아서 얼굴은 홍당무처럼 불타올랐습니다. 시뻘건 얼굴을 하고 사투리 억양이 섞인 말투로 더듬더듬 책을 읽다가 결국 그 자리에서 울어버렸습니다. 말은 더듬고 팔다리는 벌벌 떠는 제 모습이 너무 부끄럽고 초라하게 느껴졌거든요.

그날 이후 반 아이들은 저를 '불타는 홍당무'라 부르며 제가 책 읽던 모습을 흉내 내기 시작했습니다.

그 시절 제 소원은 1초라도 빨리 어른이 되는 거였어요. 어른이 되면 지금 겪고 있는 모든 일이 마법처럼 사라질 것 같은 막연한 기대감이 있었거든요.

　스무 살에 가장 먼저 찾아온 건, 그토록 꿈꾸던 독립도 정서적 성
장도 아닌 '현타'였습니다.

　그토록 갈망하던 어른이 됐지만 몸만 자랐을 뿐 환경은 조금도 나아지
지 않았어요. 대학에 갈 형편도 아니었고, 취업문도 쉽게 열리지 않았습
니다.

　친구들이 캠퍼스를 거닐며 봄볕을 쬐거나 사회에 첫발을 내디딜 때, 저
는 작은 골방에 틀어박혀서 하는 일 없이 시간을 보냈습니다. 그렇게 몇
달이 흐르자 보다 못한 엄마가 주변에 취업을 부탁하기 시작했어요.

　그렇게 '엄마 찬스'로 아주 작은 규모의 무역회사에서 사회생활을 시
작할 수 있었습니다. 직원이라고는 사장님과 저밖에 없는 곳이었지만
'무역회사'라는 타이틀이 일말의 기대감을 갖게 해줬습니다.

　어릴 적 007 가방을 들고 해외에 드나들며 외국 사람들과 협상하는 사
람들을 막연히 동경했어요. 무역회사에 다니면 그런 일을 하게 될 줄 알
았습니다.

　하지만 제가 '막연히' 생각했던 게 얼마나 추상적이고 아득한 얘기인
지 깨닫는 데는 오래 걸리지 않았어요. 제가 '무역회사'에 출근해서 하는

일이라고는 사장님이 마실 커피를 타고 재떨이나 비우는 게 전부였기 때문이었습니다.

그러다 우연히 신문에서 한국방송통신대학교 입학생 모집공고를 보게 됐습니다. 마침 무역학과가 있었고, 뭐에 홀린 듯 입학을 결심했죠. 회사도 한가하니 이참에 공부를 해서 더 큰 회사로 옮겨야겠다는 계획이었습니다.

본격적으로 공부해 보니 무역회사에서 하는 일이 어떤 건지 조금씩 파악할 수 있었습니다. 모르는 게 생기면 사장님께 질문도 하고 간단한 일은 조금씩 도울 수 있는 수준이 되었죠. 커피나 타고 재떨이나 비우던 여직원이 실무에 관심을 보이자 사장님의 태도도 점차 달라지기 시작했어요. 급기야 중국, 홍콩 등 해외 출장까지 따라다니며 실무를 배울 수 있었습니다.

비록 007 가방을 들고 가진 못했지만 그때 처음으로 '나도 노력하면 발전할 수 있겠다'라는 믿음이 생기기 시작했습니다.

그렇게 어느 정도 실력을 쌓아 계획대로(?) 중소규모의 무역회사로 이직도 했습니다. 그 당시엔 일하는 게 너무 재미있어서 누가 시키지 않아도 밤낮 일에 매달려 살았습니다. 하루가 짧았고, 2~3시간만 자도 피곤함을 몰랐죠. '즐기는 자' 이기는 사람 없다고 주어진 업무를 즐기며 하다 보니 꽤 괜찮은 성과도 올릴 수 있었습니다.

회사에서 인정받기 시작한 후로 성취감에 취해 살았습니다. 나도 할 수 있구나, 나도 가치 있는 사람이야! 동네방네 떠들고 싶었어요. 그 옛날, 반 아이들 앞에서 우아한 말투로 제 자존감을 꺾었던 선생님을 찾아가 명함이라도 던지고 싶은 심정이었습니다.

회사 안에서의 저는 빛이 났지만, 그 '빛'은 회사를 벗어나는 순간 사라지기 일쑤였습니다. 회사 밖에서의 제 삶은 한 치 앞을 가늠할 수 없는 동굴처럼 깜깜하기만 해서 늘 불안한 마음만 들었어요.

여전히 빚에 쪼들리는 부모님을 벗어나고 싶어서 월급을 악착같이 모아 유학을 떠나려고 했지만, 어느 정도 돈이 모이면 부모님 빚부터 갚아야 하는 게 제 현실이었습니다.

쥐구멍에도 볕 들 날이 있다던데 도대체 내 인생에는 언제쯤 빛이 찾아올까, 찾아오긴 할까? 늘 궁금했어요.

그렇게 매일 매일 절망과 좌절의 시간을 견디다가 결국 선택한 게 결혼이었습니다. 행복하지 않은 부모님을 보면서 결혼은 절대 하지 않으리라 다짐했던 제가 결혼을 했던 이유는 '합법적'으로 집에서 벗어날 수 있는 유일한 방법이었고, 그때 마침 지금의 남편을 만났기 때문이었어요.

누구에게도 말하지 못했던 제 아픔을 솔직하게 털어놓을 수 있었던 유일한 사람이었고, 그런 저를 위로해줬던 유일한 사람도 남편이었어요.

결혼에 환상이 있었다기보다 남편이 가져다 줄 안정감이 절실히 필요했어요. 그리고 혹시나 내 쥐구멍에도 볕이 들지 않을까? 라는 막연한 기대감도 있었습니다.

그렇게 한 줄기 희망을 품고 겁도 없이 '시월드행' 기차에 몸을 실었습니다.

네,

———— 그러지 말았어야

했습니다

한줄기 희망을 좇아 친정에서 도망쳤는데, 결국 도착한 곳은 시댁이었습니다. 혹 떼려다 혹 붙인 꼴이었죠. 설상가상 결혼과 동시에 남편의 지방 발령으로 1년 정도 시댁에서 지내야 했어요. 어린 나이에 한 결혼도 아니었고, 남편의 성품을 믿었기 때문에 시부모님과 함께 지내는 데 큰 무리가 없을 거라고 여겼습니다.

저만의 '완벽한' 착각이었죠.

결혼하면 시금치의 '시'자도 싫어 먹지도 않는다는 우스갯소리가 뭘 의미하는지 처음 알았습니다. 결혼 전 부모님과 살 때도 크고 작은 스트레스는 있었지만, 시댁에서 마주한 스트레스는 친정과는 결부터 다른, 전혀 새로운 유형의 문제였어요.

'시월드'라는 말이 왜 생겼는지 온몸으로 체험(?)할 수 있었죠. 적지 않은 나이에 결혼했음에도 무슨 용기로 남편도 없는 시댁에서 살 생각을 했는지, 아직도 스스로에게 의문이 생깁니다.

그렇게 시어머니와의 관계에서 힘들어하는 저를 본 남편이 결국 '분가'라는 카드를 꺼내 시댁에서 나올 수 있었습니다.

산 넘어 산이라고, 신혼의 단꿈이 시작되나 싶었더니 또 다른 일이 터지기 시작했습니다. 어느 날 남편이 어두운 얼굴로 몸 상태가 심상치 않다고 얘기한 겁니다.

사실 남편은 결혼 전 갑상선암 수술을 한 적이 있는 암 환자였습니다. 그럼에도 결혼을 결심했던 이유는 아픔이 있는 남편이 저와 많이 닮았다고 생각했기 때문이었어요.

암이 재발한 것 같다는 남편의 말에 심장이 떨어지는 것 같았습니다. 당장 병원에 찾아가 조직검사 예약을 하고 초조한 시간을 보냈어요. 큰 걱정 말라는 의사 선생님 말씀도 귀에 들리지 않았습니다.

그렇게 조직검사를 마치고 결과가 나오기까지 일주일이 걸렸는데, 정말이지 피가 바짝바짝 마르는 심정이었습니다. 저는 종교도 없는 사람인데, 상황이 절박해지니 온갖 신을 찾으며 재발만 아니기를 기도했어요.

신은 언제나 제 기도를 듣지 않는다는 것을 그때 확신했습니다. 걱정했던 일은 현실이 되었고, 남편은 재발 판정을 받아 재수술해야 했습니다.

암이 재발했다는 말을 듣는 순간, 처음 든 생각은 '아이를 가져야겠다'였어요. 남편에게 입버릇처럼 아이는 낳고 싶지 않다고 말하던 제가 왜 그 순간 아이를 가져야겠다는 생각을 한지 모르겠습니다.

암이 재발했다고 하니 남편이 붙잡을 수 있는 희망의 끈이 필요하다고 생각했는지도 몰라요. 남편이 삶의 끈을 쉽게 놓아버릴까 봐 솔직히 겁났습니다.

그렇게 남편이 방사선 치료를 시작하기 전에 큰 어려움 없이 첫아이를 임신했습니다. 아이가 생겼다는 기쁨도 잠시, 다시는 경험하고 싶지 않은 끔찍한 입덧이 시작됐습니다.

문제는 남편이 방사선 치료를 받기 2주 전부터 식이요법을 해야 했는데 하필 그때가 제 입덧의 절정기였다는 겁니다. 온갖 냄새에 반응하는 건 물론이고, 누울 수도 설 수도 없는 지경이 되자 산부인과에서는 입원을 권유했어요.

하지만 제가 입원하면 남편을 챙길 사람이 없어서 그것도 쉽지 않았습니다. 남편의 병을 친정 부모님께는 알리지 않고 결혼했기 때문에 친정 엄마의 도움도 받을 수 없었어요. 오로지 저 혼자 감당해야 하는 외로운 싸움이었습니다.

이렇게 힘든 상황에도 누군가에게 도움을 청하지도 못하는 제 처지가 너무 안쓰럽고 서러웠습니다.

동정과 위선 ——— 사이

　폭풍 같은 1년을 보냈습니다. 입덧으로 제대로 먹지도 못했지만 건강한 아이를 출산했고, 남편도 서서히 건강을 회복했습니다.

　모든 것이 평안한 듯 보였지만 제 마음속에는 언제 터져도 이상하지 않을 시한폭탄이 있다는 게 느껴졌어요. 우울하고 짜증나는 날이 많아졌고, 저는 점점 무기력해졌습니다. 그런 저에게 가장 크고 중요한 숙제는 단연 육아였습니다.

　저는 아이가 배 속에 있을 때부터 알 수 없는 불안감에 휩싸여 있었는데, 사랑받지 못했다는 저의 결핍과 상처가 아이에게도 영향을 미칠까 봐 걱정스러웠습니다.

　'엄마가 행복해야 아이도 행복하다'는 유형의 육아서적을 모조리 찾아 읽으며 좋은 엄마가 되기 위한 공부를 했습니다. 내 아이에게는 원 없이 사랑을 주고 행복하게 자랄 수 있게 노력할 거라고 다짐했죠.

　깨끗한 환경에서 아이를 키우고 싶어서 온종일 집안을 쓸고 닦았고, 책임감 있는 엄마인 걸 증명하려고 하루에 세 번 이유식을 만들어 먹였습니다. 이유식을 냉동했다가 아이에게 준다는 건 아이를 사랑하지 않는다는 말과 똑같았어요.

잠이 부족해도 매일매일 청소하고, 온종일 지지고 볶으며 이유식을 만들었습니다. 한참 열중하고 있는데 아이가 다가와서 놀아달라고 보채면 소리를 빽! 지르고 다시 이유식 만드는 데 집중했습니다.

미친 거였죠. 그게 강박증세인 줄도 모르고 아이를 사랑해서 하는 행동이라고 착각했습니다. 아이에 대한 책임감만 있을 뿐, 제대로 된 사랑을 주지 못한 거였어요.

강박이 심해질수록 살이 빠지고 예민해지기 시작했습니다. 심지어 그 시절(?)엔 하루에 한 번씩 시어머니께 안부 전화를 할 때였는데, 매번 통화할 때마다 부정적인 말을 쏟아내는 시어머니 때문에 우울증이 더 깊어지는 느낌이었습니다. 시어머니와 통화가 끝나면 죄 없는 아이에게 짜증 내고 퇴근해 들어오는 남편에게 화내는 일상이 반복됐어요. 그렇게 아이와 남편에게 한바탕 짜증을 낸 날에는 죄책감이 밀려들어 밤을 꼬박 지새우기도 했습니다.

그러다 하루는 결혼 안 한 친구들과 점심 약속을 하고 아이와 함께 약속장소로 나갔습니다. 먼저 도착해서 친구들을 기다리고 있는데, 친구 한 명이 저를 힐끗 보고도 그냥 지나치는 거였어요. 그 친구를 불렀더니 그제야 저를 한참 바라보더군요.

"어머 혜정아! 난 웬 아줌마가 나를 부르나 했네. 호호"

화장기 없는 얼굴에 언제 미용실에 다녀왔는지 가늠할 수 없는 헤어스타일. 아이가 잡아당겨 있는 대로 목이 늘어난 티셔츠를 입고 있었으니 몰라보는 게 당연하다고. 생각하면서도 끝없이 가라앉는 마음을 어찌할 수가 없었습니다.

친구들이 한참 수다를 떨 때도 공감대가 없어서 대화에 낄 수가 없었어요. 그나마 형식적으로 말을 걸어주는 친구가 있어서 시댁 이야기, 시어머니 이야기를 하니 고개를 절레절레하며 '어떻게 참고 사냐', '나는 절대 그렇게 못 산다'는 친구들 반응에 제 자신이 더욱 작아지는 듯했어요.

헤어질 때가 되니 친구들이 봉투를 하나 주며 '빈손으로 와서 미안하다고, 아기 옷이나 사 입히라'고 했습니다. 아이까지 생각해주니 고마운 마음이 들었어요. 별생각 없이 봉투를 받아 집에 와서 열어보니 현금 20만 원과 친구들의 메시지가 들어있었습니다.

> *"혜정아, 미용실이라도 다녀와. 예쁘고 밝았던 예전의 네*
> *가 그립다."*

그 자리에 주저앉아 펑펑 울었습니다. 동정인지 위선인지 알 수 없는 메시지가 저를 더 비참하게 만들었습니다. 친구들이 보기에도 내 모습이 정말 형편없구나, 결혼 전에는 그나마 내가 밝았나 보다…. 친구들의 마음 씀씀이가 고맙게 느껴지기보다 너무 자존심 상했습니다.

그 시절의 저는 제 주변에서 일어나는 모든 상황이 고깝게 느껴졌습니다. 진심으로 저를 위해서 해주는 말과 행동조차 거북하고 거슬렸죠. 낮아질 대로 낮아진 자존감은 제 주변의 모든 것에 인정사정없이 철벽을 치느라 바빴습니다. 그렇게 그나마 있던 친구들과의 사이에도 벽을 세우고 오롯이 고립되고 있었습니다.

박혜정입니다 ——————

울며 먹은 겨자가
———— 달콤하다

마음이 힘들어서 누군가에게 털어놓고 싶어도 그럴 친구가 없다는 게 저를 더 우울하게 만들었습니다. 힘들 때마다 한두 잔씩 마시던 술이 점점 늘어 언제부턴가는 아예 술에 의존하고 있는 저를 발견했습니다.

처음에는 저를 이해해주던 남편도 점점 지쳐가는 기색을 보이더니 어느 날 하소연 하듯 말하더군요.

"아이들은 부모의 거울이야. 네가 술 마시는 모습을 자꾸
보이면 우리 애들도 그런 어른으로 자랄 수 있어!"

남편의 말에 정신이 번쩍 들었습니다. 그제야 뭔가 단단히 잘못 행동하고 있음을 깨달았죠. 언제까지 과거 탓, 부모 탓, 환경 탓하며 아이들 인생까지 망칠 수는 없다고 생각했습니다. 뭐가 됐든 제가 매달릴 수 있는 걸 찾아서 지금이라도 바로잡아야 한다고 생각했어요.

그때부터 평소 관심 있었던 것, 꾸준히 할 수 있는 것, 이왕이면 가계에 보탬이 되는 일들을 쭉 적어놓고 하나씩 지워가며 현실적으로 할 수 있는 것을 찾았습니다. 그렇게 시작된 게 공인중개사 시험이었어요.

아이들을 어린이집에 보내고 열심히 공부했습니다. 만만치 않은 난이도에 수십 번도 더 포기하고 싶었지만 남편과 아이들에게 멋진 아내, 당당한 엄마의 모습을 보여주고 싶었어요. 이것마저 포기하면 모든 게 끝이라는 생각으로 독하게 버텼습니다.

그렇게 1년을 꼬박 공부한 끝에 합격할 수 있었습니다. 자존감이 바닥을 찍었을 때 받아든 합격증은 제 삶을 변화시키기에 충분했어요. 오랜만에 다시 느껴본 성취감이었습니다. 그간 잊고 살았던 '나도 노력하면 되는 사람'이란 걸 다시 한번 깨닫는 순간이었죠.

자격증을 딴 후 지인 소개로 부동산사무실에 출근하기 시작했습니다. 전업주부 10년 차에서 벗어나 스스로 돈을 벌기 시작한 거였죠. 모든 사회생활이 그렇듯 이 일도 처음엔 녹록지 않았습니다.

오랫동안 살림과 육아만 해왔던 터라 처음엔 손님 대하는 게 영 어색했어요. 손님 응대가 차츰 익숙해질 때쯤, 하루는 근처 부동산에 놀러 갔다 온 대표님이 대뜸 '실장님 블로그 할 줄 알아요?'라고 물어보셨어요.

전 국민이 하던 싸이월드도 안 했던 저인데, 블로그가 웬 말인지. '못한다'고 하니 "요즘 젊은 실장님들은 다들 블로그로 영업도 하고 그러던데…"라는 말씀을 하시더라구요. 대놓고 말한 건 아니었지만 은근히 제가 블로그를 배우길 바라는 눈치였습니다.

그 당시 제가 생각하는 블로그는 여기저기 다니며 공짜 밥을 얻어먹고, 누가 봐도 별로인 제품을 광고해 주는 '비호감 매체'였습니다. 그런데 그걸 제가 해야 한다니. 큰 산을 만난 기분이었지요.

결국 울며 겨자 먹는 심정으로 시작은 했는데, 뭘 어떻게 해야 될지 막막했습니다. 처음에는 이웃수가 많은 파워블로그를 돌아다니며 구경하는 게 최선이었어요.

여기저기 보다 보니 다른 사람들이 어떻게 사는지도 보였고, 세상 참 넓다는 걸 새삼 깨달았습니다. 어쩜 그리 잘들 먹고 잘들 사는지. 어쩜 그리 부지런하고 야무지게 사는지, 성공한 사람은 또 왜 그리 많은지…. 나만 빼고 다들 행복해 보여서 씁쓸한 마음만 들었습니다.

그렇게 '세상 참 요지경'이라고 생각하며 여기저기 기웃거리다가 제 눈길을 사로잡는 글을 보게 됐습니다. 부동산 투자에 성공한 사람이 쓴 글이었는데, 자신이 성공할 수 있었던 비결이 '새벽 5시에 기상'했기 때문이라는 내용이었습니다.

처음엔 이게 무슨 귀신 씻나락 까먹는 소리인가 싶었습니다. 그런데 그분의 블로그를 천천히 둘러보니 '성공할 수밖에 없을' 정도로 자기관리를 잘하셨어요.

그즈음 '말은 행동이 되고, 행동은 습관이 된다'는 문장이 유행처럼 돌았는데, 저는 그 좋은 명언을 접하고도 아무 것도 실천할 수 없었습니다.

아이가 어릴 때 '사랑'과 '강박'도 구분 못 해 흑역사를 썼던 전적 때문이었죠. 저에 대한 믿음이 하나도 없을 정도로 자존감이 낮을 때라 또 다시 잘못된 판단을 할까 봐 두려웠습니다.

그런 저에게 필요한 건 '롤 모델'이었어요. 옷 고르는 안목이 없다면 마네킹이 입은 옷을 벗겨오면 간편하듯이 제가 행동을 따라하고, 말을 따라 할 수 있는 사람이 필요했습니다.

그래서 속는 셈 치고 그분이 실천한 '새벽 기상'을 따라해 보기로 했습니다. 저처럼 배운 것도, 가진 것도 없는데 변화를 꿈꾸는 사람들이 돈 안 들이고 할 수 있는 유일한 방법이라고 생각했거든요.

새벽을 채우는

――――― 삶

새벽기상을 하니 정말 얻는 게 있었습니다. 바로,

극심한 피로와 다크써클.

새벽의 미라클은커녕 다크써클이 짙어지다 못해 땅굴을 팔 지경이었
죠. 기상시간을 새벽 5시로 당기니 낮에 너무 피곤했고, 결국 얼마 못 가
더는 못하겠다고 생각했습니다. 뭔가 속은 것 같은 기분이 들어서 새벽
기상을 추천했던 사람의 블로그까지 찾아가 글을 남겼어요.

'당신이 추천해준 새벽 기상을 해봤다. 그리고 느꼈다. 사람 할 짓이 아
니라는 걸. 도대체 새벽 기상과 성공이 무슨 상관인지 모르겠다.'

기껏 기다린 택배가 불량품임을 확인한 소비자처럼 조목조목 따지는
글을 남겼습니다. 그리고 생각지도 못한 답장까지 받게 됐죠.

"새벽 기상은 밤과의 싸움이다. 새벽에 일어나려면 일찍 잠자리에 들어야 한다. 그 생활이 반복되다 보면 유흥 등과도 자연스럽게 멀어진다…"

머리를 한 대 맞은 듯한 느낌이었습니다. 저는 그때까지만 해도 새벽에 일어나는 것만 제외하고는 모든 생활이 그전과 똑같았거든요. 밤에 인터넷 쇼핑도 하고, 술도 마시고, 실컷 핸드폰을 하다가 잤으니 새벽 기상이 힘든 건 당연했습니다. 새벽 기상에 성공하려면 그간 해왔던 행동 패턴을 모두 바꿔야 한다는 걸 알고 다 포기할까 잠시 생각했습니다. 그러다가 밑져야 본전이라는 생각으로 딱 한 달만 해보자고 마음먹었죠.

그렇게 제대로 된 새벽 기상을 시작했습니다. 처음엔 따뜻한 이불 속에서 나오기가 싫어 '눈은 떴으니 새벽 기상이 아니겠냐'며 합리화했던 적도 있었어요. 그러다가 결국 이불을 박차고 책상에 앉았는데 뭔지 모를 뿌듯함이 밀려왔습니다. 새벽에 일어나서도 처음엔 뭘 해야 할지 몰라 집안을 돌아다니며 잡동사니를 치우고, 아침에 먹을 반찬거리나 손질하던 저였는데 점점 책도 읽고, 필사도 하고, 일기도 쓰며 저만의 시간으로 새벽을 채우기 시작했습니다.

그러다가도 전날 술을 마시거나 피치 못할 사정으로 늦게 잠든 다음 날이면 어김없이 이불 속에서 '하루만 재낄까?'를 고민했습니다.

제가 꼼수를 부릴 수 없는 방법이 필요했습니다. 그때부터 손으로 적은 필사본을 핸드폰으로 찍어 블로그에 기록했습니다. 일기장도 찍고, 도서 리뷰도 쓰고, 제 일상도 적으면서 블로그에 매일 매일 출근도장을 찍었죠. 그렇게 시간이 지나자 새벽 기상도 점차 익숙해져서 제 삶의 일부로 자리잡게 되었습니다.

일 때문에 시작한 블로그였는데, 언젠가부터 사무실 블로그는 뒷전이고 제 공간에 정성을 쏟기 시작했습니다. 이웃 한 명 없던 블로그에 한두 명씩 사람이 드나들더니 댓글도 종종 달리기 시작했습니다.

그중에서도 '공감 된다'는 말이 정말 큰 위안을 가져다줬습니다. 내 이야기에 공감하는 사람이 있다는 게 신기할 따름이었죠. 가까운 사람들과도 소통이 어려웠던 저인데, 얼굴 한번 본 적 없는 사람들이 가만히 다독여주니 좀 더 위안을 얻고 싶었습니다.

결국 '공감'이라는 단어가 기폭제가 되어 더 치열하게 쓰고, 열심히 제 일상을 공유했습니다. 지금 생각하면 나를 좀 봐달라는, 나에게 좀 더 말 걸어달라는 메시지를 세상에 보내고 있었던 것 같아요.

저는 꾸준히 새벽에 일어나 책을 읽고, 블로그에 글을 썼습니다. 블로그를 시작한 지 얼마 되지 않았을 땐 영혼 없는 댓글들이 대부분이었는데, 언제부턴가 '위로가 되네요', '감사해요', '저도 용기가 생기네요'로 바뀌고 있었습니다.

남들에게 도움을 받던 제가 누군가를 위로하고 도움을 주고 있다는 걸 알게 되었죠. 더 열심히 썼습니다. 폭풍처럼 썼어요. 그러다 보니 할 말이 많아지고 시간은 부족했습니다. 새벽 5시였던 기상 시간은 점점 당겨져 급기야 3시부터 일어나 저만의 아침을 시작하게 됐어요.

그렇게 새벽을 보낸 후 아침이 되면 출근을 하고 육아도 도맡아야 했습니다(남편과 저는 주말 부부입니다). 몸은 피곤했지만 새벽 기상을 멈출 수 없었던 이유는 정신이 맑아진 기분이 들었기 때문이었죠.

주말에 집에 온 남편은 새벽에 일어나 글을 쓰고 있는 저에게 '이 시간에 일어나서 블로그하면 밥이 나오는지, 돈이 나오는지' 물었습니다. 블로그의 매력을 모르는 남편이니 저런 반응이 나오는 건 당연했어요. 그래도 서운한 마음이 들어서 한마디 쏘아붙이고 싶었지만, 딱히 틀린 말을 한 것도 아니라 가만히 있었습니다.

그때 처음 막연히 생각했던 것 같아요. 내가 즐기는 일을 하면서 돈까지 벌 수 있다면 얼마나 행복할까? 라고. 당시 부동산사무실에서 공인중개사로 일하고 있었지만 가계에 큰 보탬이 되는 수준도 아니었고 언제까지 그 일을 할 수 있을지 불확실했거든요.

하루는 새벽에 비몽사몽 화장실에 가던 작은 아이가 그 시간에 깨어있는 저를 본 적이 있었습니다. 그러고는 그다음 날 아침에 묻더라고요.

"엄만 왜 늦게 자?"
"늦게 자는 게 아니고 일찍 일어나는 거야"
"왜 일찍 일어나는데?"
"음… 엄마 꿈을 위해서?"

책 읽으려고 일찍 일어난다는 말을 작은 아이가 이해할 리도 없어서 꿈을 위해서라고 무심결에 말했습니다.

"엄마는 꿈이 뭔데?"

거기까지는 예상 못 했던 질문이라 말문이 턱 막혔습니다. 그러게… 내 꿈이 뭐지? 도대체 뭘 위해 그 새벽에 일어나는 거지? 누군가의 새벽 기상을 무작정 따라 하다 보니 여기까지 오긴 했는데, 그래서 결국 내가 원하는 건 뭔데? 아주 어렸을 땐 1초라도 빨리 어른이 되는 게 꿈이었고, 어른이 돼선 평범하게 사는 게 꿈이었고. 잠깐만, 근데 이런 게 진짜 꿈은 아니잖아….

둘째 아이의 한마디에 일순간 혼란스러워졌습니다. 생각해보니 어릴 때부터 잘하는 것도 좋아하는 것도 없던 제가 '꿈'을 갖는다는 건 사치였어요. 그저 오늘이 빨리 지나가기만을 바라며 살았으니까요.

그때부터였습니다. 제 꿈에 대해 고민하기 시작한 게. 한창 김미경 강사의 강의에 심취해 있을 때라 '어쩜 저렇게 사람들을 울리고 웃길 수 있을까?, 참 멋있는 사람이다'라는 생각을 늘 했었어요.

저도 사람들에게 꿈과 희망을 주는 사람이 되고 싶다는 생각을 했습니다. 꿈과 희망 없는 삶이 한 사람의 인생을 얼마나 위태롭고 처참하게 만드는지 온몸으로 겪어봤으니까요. 하지만 강사는 아무나 할 수 있는 게 아니라는 생각이 들어 그저 '희망 사항'으로 간직하기로 했죠.

그날도 여느 때와 똑같이 새벽을 열고 책을 읽는데 한 문장이 저를 사로잡았습니다.

"미래는 만들어 내는 것" [1]

미래는 '만들어 가는 것'이라고 생각하던 제게 경종을 울린 글귀였습니다. 이 글대로라면 내 미래도 내가 만들 수 있지 않을까? 라는 기대감이 생겼어요. 다른 사람들이 뭐라 말하든 한번 해보고 싶다는 욕구가 치솟았습니다. 그리고 제 생각을 남편에게 말했죠.

'이제부터 내 꿈은 강사야. 난 꼭 사람들 앞에서 내 이야기로 강의를 할 거야.'

---

[1] 구본형, 《그대 스스로를 이용하라》 중

'강사는 아무나 하냐?'라는 남편의 말에 왠지 모를 오기가 생겼어요. 제 안에 웅크리고 있던 열정과 똘끼에 불이 붙는 게 느껴졌습니다.

그날부터 제 롤모델은 김미경 강사였습니다. 그녀가 처음 강사를 시작할 때 책장 하나를 사서 거길 다 채우겠다고 결심했다는 얘기에 저도 책 100권 읽기에 도전하기로 했어요.

혼자 하면 중간에 포기할 것 같아서 함께 독서할 사람을 찾았습니다. 제가 포기하지 않도록 붙잡아 줄 한 명이 필요했죠. '제발 한 명만!'이라는 심정으로 독서모임 공지글을 올렸는데 이게 웬걸, 함께 하겠다는 사람이 17명이나 됐습니다. 순식간에 17명을 이끌어야하는 리더가 된 순간이었죠.

'큰일 났다'고 생각했습니다. 한두 명 오면 다행이라 생각하고 저지른 일이었는데 예상보다 많은 사람들이 모이자 조금 겁도 났어요. 스스로 자처한 일이니 무를 수도 없는 노릇이었습니다.

학교 다닐 때 줄반장도 한번 못해본 소심쟁이 쫄보에게 그 순간 필요했던 건 스피드! 집근처 도서관으로 달려가 독서방법을 다룬 책을 모조리 대여했습니다. 저를 믿고 참여해준 분들을 실망시키고 싶지 않았어요. 눈곱만큼이라도 도움이 돼야 한다는 생각과 부담감이 마구 밀려왔습니다.

그런데 자기계발서나 재테크를 다룬 책만 주로 읽다가 제 취향이 아닌 내용을 읽으려니 처음엔 너무 지루했어요. 그렇다고 이제 와서 포기할 수도 없으니 의무감으로 꾸준히 읽었습니다. 그러다 보니 효과적인 독서방법에 대해서도 알게 되었죠. 그렇게 책을 통해서 저만의 지식세계를 천천히 넓혀갔습니다.

그렇게 독서 모임이 시작됐고. 온라인에서 만나 책의 내용을 공유하다 보니 독서의 필요성은 느끼지만 꾸준히 안 되는 분, 독서 편식이 심한 분, 시간 제약을 받는 분 등이 계셨어요. 뭐라도 도움이 되고 싶다는 생각이 들었습니다. 제가 가진 독서법에 관련된 '얕은 지식'이라도 모두 내어드리고 싶었어요. 그래서 '오프라인 강의'라는 엄청난 사건(?)을 또 한번 저

질러버렸습니다. 저지르는 것도 은근 중독성이 있어서 처음이 어려웠지 두 번째부터는 겁이 난다기보다 기대감이 더 컸었던 것 같습니다.

오프라인 독서 모임을 공지하고, 그날 강의할 내용을 정리하다 보니 문득 '프로'가 한 명 있어야 할 것 같다고 생각했습니다. 책을 써본 경험이 있는 저자를 섭외해서 이야기를 들어보면 좀 더 도움이 될 것 같았기 때문이었죠.

그래서 다른 독서모임에서 알게 된 저자 한 분께 제 상황을 설명하고 강의를 해줄 수 있는지 물어봤습니다. 다행히 흔쾌히 와주겠다는 말씀을 하셔서 다행이라고 생각했습니다. 저 혼자만 생각했더라면 상상할 수도 없는 일이었지만, 책임감이 생기니 뭐라도 하게 되더라고요.

그렇게 결전의 날(?)이 되자 기다렸다는 듯 극심한 몸살이 찾아왔습니다. 열이 펄펄 나고 밤새 누군가에게 얻어맞은 것처럼 온몸 구석구석이 아팠어요. 하지만 사람들과 약속해놓은 게 있어서 어떻게든 움직여야 했습니다.

비실대며 강의에 쓸 장비들을 챙겨 온몸에 주렁주렁 매달고, 파주에서 서울로 가는 지하철에 몸을 실었습니다. 서울로 가는 내내 몸이 달달 떨렸는데 아파서 그런 건지, 긴장한 건지 분간이 안 됐어요. 나름 '데뷔 무대'인데 이 컨디션으로 강의를 할 수 있을지, 목소리가 안 나오면 어쩌나 걱정이 컸습니다.

괜한 걱정이었습니다. 저는 언제 아팠냐는 듯 강의를 마쳤고, 태어나서 처음으로 제가 '실전형 인간'이라는 걸 깨달았어요. 낯가림 심한 제가 난생 처음 보는 사람들 앞에 서서 그들을 웃기고 울렸습니다. 20명이 넘는 사람들이 저만 바라보며 호응해주자 굉장한 희열이 느껴졌어요. 40년 넘게 살아오면서 처음 느껴보는 감정이었습니다.

독서 모임에서 첫 강의를 마치고 결국 이틀을 앓아누웠지만, 그날 느꼈던 희열이 자꾸 떠올랐습니다. 여전히 아이들을 챙기고 출근해야 하는 똑같은 일상이었지만, 자꾸 뭔가를 시도하고 싶은 충동이 밀려왔어요.

제 꿈을 이루고 싶다는 감정과 그게 가당키나 하겠냐는 이성. 새벽만 되면 그 둘이 만나 싸우느라 가슴이 답답하고 머리가 아플 지경이었습니다. '누가 나 같은 사람 살아온 얘길 궁금해할까?' 생각하다가도 또 한쪽에선 '시도나 해보고 포기하라'고 속삭였어요.

저의 지난날이 떠올랐습니다. 저를 놀리는 친구들을 보고도 꿀 먹은 벙어리처럼 굴었던 일, 공부 못해서 가지 못한 대학, 돈이 없어서 포기했던 유학, 도망치듯 한 결혼, 시대와의 갈등….

생각해보니 늘 소심하다, 못한다, 방법이 없다, 원래 그런 사람이다라고 치부하며 뭐하나 시도해본 적이 없었습니다. 놀리는 친구들에게 욕이라도 해봤더라면, 공부를 잘하려고 시도했더라면, 모은 돈을 갖고 유학을 갔더라면, 결혼 말고 독립을 했더라면, 시어머니의 독설에 저항이라도 해봤더라면 어떻게 달라졌을까? 문득 궁금해졌어요.

결국 제 인생을 이렇게 만든 건 그 누구도 아닌 '저'라는 사실에 소름이 돋았습니다. 해보지도 않고 포기하는 건 이걸로 충분하다고 생각했습니다. 이제부터 '내가 원하는 걸' 하며 살아봐야겠다고 다짐했죠.

백번 다짐한다고 그다음 날부터 사람이 변하는 건 아니었어요. 매일 다짐해도 스스로에 대한 의심이 들 때면 더 지독하게 책을 읽었습니다.

박혜정입니다 ———

하루에 한 권, 한 달에 30권을 읽을 때도 있었습니다. 제 다짐이 제발 이번만은 흔들리지 않기를 바랐어요. 절실하고 불안한 마음을 다잡을 방법은 독서뿐이었습니다.

'목표는 구체적이고, 실현 가능해야 하며, 데드라인이 있어야 한다'는 누군가의 말에 결국 저만의 이야기를 담은 강의를 해보기로 마음먹었습니다.

모임 이름을 <꿈발전소>라 짓고 2019년 1월을 목표로 했습니다. 공인중개사가 자꾸 '꿈'에 대한 이야기만 하니 많은 사람들이 의아해하기도 했어요. 더구나 한창 부동산 경기가 괜찮았을 때라 '부동산 얘기나 해 달라'고 말하는 사람들도 있었습니다. 사람들이 관심 있는 이야기를 하는 게 낫지 않을까? 잠깐 고민했지만 도저히 안 되겠다고 생각했어요. '제 가슴이 뛰지 않았기' 때문이었습니다. 꿈과 희망에 대한 주제를 가지고 강의할 생각을 하면 마음이 벅차올랐습니다. 그것 말고 다른 주제는 할 자신도 할 마음도 들지 않았어요.

영원히 오지 않을 것 같았던 2019년 1월이 됐고, 태어나 처음으로 산에 올라 해가 뜨는 걸 지켜봤습니다(구름이 껴서 기대했던 광경은 보지 못했지만요). 일종의 의식처럼, 기도하는 마음으로 해돋이를 보고 집으로 돌아와 경건한 마음으로 노트북 앞에 앉아 모집글을 썼습니다.

<꿈발전소>에 초대합니다

주사위는 던져졌고, 물은 엎질러졌고, 모든 건 하늘의 뜻이라고 여겼습니다. 열 명만 와도 대박이고 한두 명이라도 오면 체면치레하는 거라고 생각했어요.

꿈발전소를
———— 설립하다

공지를 올린 그날 블로그 방문자수가 1만 명을 넘어섰고, 1천 명이 넘는 분이 이웃 신청을 했으며, <꿈발전소> 모집글에 400개가 넘는 댓글이 달렸습니다.

얼떨떨함을 넘어서 '노트북에 바이러스에 걸린 건 아닐까?' 생각하던 찰나에 메시지가 하나 왔습니다. 알고 보니 제 새벽 기상 롤 모델이었던 '청울림'이라는 분이 제 글을 본인 블로그에 소개했던 거였어요.

생각지도 못했던 엄청난 여파로 100명이 넘는 분들 앞에서 강의해야 할 판이었습니다. 저를 다른 이웃에 소개해준 많은 분들에게 피해를 끼치지 않으려면 열심히 준비하는 방법밖에는 없었어요.

강의 날 쓸 자료를 열심히 준비했습니다. 그런데 이번엔 PPT가 발목을 잡았습니다. 그럴듯한 강의안을 만들어야 했는데, 생전 PPT를 다뤄본 적이 없으니 미칠 노릇이었습니다. 시간은 다가오는데 안 되는 걸 붙잡고 낑낑거렸죠.

우여곡절 끝에 못생긴 강의안을 겨우 하나 만들었지만, 가장 핵심이었던 '인생 그래프'를 도저히 그릴 수가 없었어요. 주위에 파워포인트 좀 한다는 사람들에게 물어봐도 제가 원하는 답을 들을 수는 없고, 시간은 다가오고. 결국 강의 하루 전날까지 완성하지 못해서 '제 방법'대로 해보자고 생각했습니다.

종이에 손으로 그림을 그린 다음 사진으로 찍어서 그대로 넣었습니다. 뭔가 부끄러운 마음이 들었지만 다음에 더 잘하면 된다고 스스로 다독였어요. 예전의 저라면 '내가 하는 일이 그렇지 뭐'라며 자책부터 했을 텐데, 저도 모르는 사이에 변화의 바람이 불고 있었던 겁니다.

제 첫 강의는 눈물과 웃음으로 마무리 되었습니다. 어릴 적 친구들 앞에서 소리 내어 책도 한 줄 못 읽던 제가, 당당하게 사람들 앞에 섰던 '어른이 된 순간'을 지금도 잊지 못합니다.

지금까지 누구에게도 하지 못했던 제 이야기를 많은 사람들 앞에서 털어놓으니 무슨 이유인지는 모르겠지만 속이 시원해지는 게 느껴졌습니다. 제가 사는 쥐구멍에 한 줄기 볕이 찾아든 기분이었죠.

그렇게 모든 걸 비워내니 비로소 제 인생을 살 수 있을 것 같다는 확신이 생겼습니다. 밝음도 긍정도 비집고 들어올 공간이 있어야 했는데, 그간의 저에겐 그게 없었습니다.

첫 강의는 과거의 저를 비워내고 현재를 채우기 시작한 꿈같은 시간이었습니다.

저는 작은 성공을 자주 접하며 제 자존감을 올렸다고 생각했습니다. 하지만 돌이켜보면 성공보다 중요했던 건 제가 저 자신을 '할 수 있는 사람'이라고 믿었을 때 가장 큰 성과가 나타났던 것 같아요.

작은 시작을 시도조차 하지 않았더라면 지금 제 인생은 어땠을까 생각해봅니다. 무모해 보이는 도전도 거침없이 밀어붙이는 'DID(들이대) 정신'이 제 안에 있었다는 걸 영원히 모르고 살았겠죠.

작고 사소한 걸 지금부터라도 하나씩 시작해보세요. 남들 눈엔 쓸모없어 보이는 거라도 스스로 가치 있게 느끼면 그만입니다. '만들어지는' 삶이 아닌 '만들어 내는' 삶을 사는 기분이 생각보다 훨씬 괜찮거든요.

부록

평범한 그녀의 비범한 블로그

파워블로거가 말하는
파워블로거 되는 법

Q 블로그가 뭐죠?

A 블로그는 온라인에 있는 나만의 건물(공간)이라고 생각하면 돼요. 사진이나 글을 올리며 각자의 개성대로 꾸밀 수 있어요. 다음이나 티스토리 등에서 운영하는 블로그도 있지만, 이 책에 나오는 블로그는 가장 대중화되어 있는 '네이버 블로그'를 의미해요.

Q 블로그는 아무나 만들 수 있나요?

A 네이버 아이디만 있으면 누구나 블로그를 시작할 수 있습니다.

Q 블로그 이웃은 뭘 말하는 건가요?

A 블로그엔 '이웃'과 '서로 이웃'이 있어요. 관심 있는 블로그를 선택하면 언제든 '이웃'을 맺을 수 있고 '서로 이웃'은 상대방 블로거도 이웃 신청을 수락해야 맺을 수 있어요.

Q 글이라곤 받아쓰기밖에 해본 적이 없을 정도로 글재주가 없어요. 누구에게 보여주기 창피해요

A 글은 쓸수록 늡니다. 처음엔 한 줄, 그다음엔 두 줄씩 점점 늘려가는 연습을 해보세요. 블로그 글은 비공개로도 설정할 수 있어서 나만의 일기장으로 쓰기에도 좋습니다.

Q 키워드는 어떻게 정해야 할까요?

A 다양한 주제를 다뤄도 좋지만, 평소 관심 있는 분야 중 두 가지 정도만 축소하면 좋을 것 같아요. 나의 관심 분야가 뭔지 모르겠다면 하루에 한 편씩 꾸준히 글을 써보세요. 분명히 공통주제가 나타날 거예요.

Q 아무리 찾아도 글 쓸 주제가 없어요

A 블로그는 나에 대한 기록입니다. 억지로 주제를 찾지 않아도 나의 일상을 적다 보면 관심분야가 정해질 거예요. 그게 쌓이면 그 분야의 전문가(브랜딩)가 될 수도 있어요. 뭘 쓸지 고민하기보다 지속적으로 쓰는 게 중요해요.

Q 사람들이 주목하는 글을 쓰고 싶어요

A 사람들이 궁금해할 만한 소재로 글을 써보세요. 생각이 안 난다면 검색 키워드나 그날의 뉴스, 기사를 참고하는 것도 하나의 방법이에요. 흥미를 유발할만한 사진이나 질문으로 서두를 시작하는 것도 좋은 아이디어입니다.

Q 친구들이 제가 쓴 글을 보고 대하소설이라고 놀려요

A 사람들은 블로그에서 '정보를 찾으려고' 합니다. 정보를 담은 글을 쓰려면 본인이 잘 아는 주제를 포스팅하는 게 좀 더 유리해요. 글을

쓸 때 힘도 덜 들고 재미있거든요. 본문 제목이나 핵심단어는 크기나 색깔을 다르게 지정하고, 긴 문장보다는 짧은 문장 여러 개를 이어서 쓰는 게 가독성이 좋아요. 글과 사진을 반복해서 배치하면 지루함도 줄일 수 있죠.

Q 애드포스트는 뭘 말하는 건가요?

A 블로그 글에 미디어 광고를 게재하고 광고에서 발생한 수익을 배분받는 방법이에요. 블로그를 수익화할 수 있는 가장 기본적인 방법이죠.

Q 자판만 칠 줄 아는 '똥손'도 블로그를 예쁘게 꾸밀 수 있나요?

A 무료 사이트와 어플에서 제공하는 템플릿 등으로 나만의 썸네일을 만들 수 있어요.

- <글그램>이나 <Canva> 애플리케이션을 깔면 사진과 글을 내 맘대로 편집할 수 있습니다. 단, 글그램은 안드로이드에서만 사용할 수 있어요. 아이폰이라면 <쓰샷>을 활용하세요.
- <미리캔버스>에서 디자인 툴을 무료로 사용할 수도 있습니다. 저작권 걱정 없이 카드 뉴스나 블로그 썸네일을 만들 수 있어요.
- <망고보드>에서 다양한 디자인 템플릿을 무료로 사용할 수 있어요(단, 일부 템플릿은 유료랍니다).
- <리무브bg>를 이용하면 포토샵 없이 간단하게 사진 배경을 지울 수 있습니다.

Q 블로그로 돈을 벌 수도 있나요?

A 꾸준히 한다면 가능해요. 애드포스트는 블로그 개설 90일 이상, 포스팅 개수 50개 이상(불법 게시물이나 음란 게시물은 안 돼요)이라면 신청할 수 있어요. 방문자 수, 방문자 수 유지 등을 심사한 후 최종 결정돼요.

Q 술술 읽히는 글을 쓰고 싶어요

A 소리 내어 말하고, 그 말을 받아 적듯 글을 써보세요. 좋아하는 작가나 관심 블로거가 있다면 그들이 쓴 글을 여러 번 읽어보는 것도 도움이 됩니다. 가장 효과적인 건 역시 필사! 쓸 말이 단 하나도 떠오르지 않는다면 책을 한 권 골라 하루에 한쪽씩 필사를 해보세요.

Q 제 블로그도 그럴듯해 보이면 좋겠는데, 뭘 먼저 시작해야 할지 모르겠어요.

A 오랫동안 잘 운영되고 있는 블로그를 벤치마킹하는 것도 좋은 방법이에요. 인기 있는 블로그 운영자는 어떻게 제목을 짓고, 어떤 내용을 포스팅하는지, 어떤 콘텐츠를 주로 다루는지 살펴보세요. 하나둘 따라하다 보면 나만의 스타일과 콘텐츠를 찾을 수 있을 거예요.

Q 관심 분야가 너무 많은데, 카테고리는 다양하게 지정할 수 있나요?

A 가능해요. 하지만 블로그 브랜딩이 목적이라면 자신 있는 분야의

카테고리 소수만 꾸준히 관리하는 걸 추천합니다. 카테고리가 너무 다양해지면 블로그지수에 영향을 주거든요. 일관된 주제로 글을 작성하는 것이 블로그를 통해 개인 브랜딩을 하는 데 도움이 됩니다.

Q 블로그 지수는 뭔가요?

A 검색 엔진에서 블로그의 등급을 정한 것입니다. 블로그 검색 순위를 결정하기 위해 사용되는 등급을 말해요. 수백~수천만 개의 블로그중에서 어떤 블로그의 글을 검색 결과, 상위에 노출 시킬 것인가에 대한 평가 기준 중의 하나라고 이해하시면 됩니다. 블로그 지수가 높은 경우 검색 결과의 상위에 노출될 확률이 높아지고 궁극적으로는 블로그의 방문자 유입을 늘릴 수 있게 됩니다.

Q 일상과 정보를 담은 글 중 뭘 써야 좋을까요?

A 블로그에 글 쓰는 일은 재밌는데 공개가 꺼려진다면 일상적인 글을 올리며 혼자만의 공간으로 사용하는 것도 좋아요. 하지만 블로그의 목적이 방문자 수를 늘리기 위함이라면 사람들이 궁금해할 만한 정보를 쓰는 게 좋겠지요.

Q 포스팅 '발행'이 너무 부담스러워요. 고치고 고치다가 발행을 포기하는 경우도 많은데 방법이 없을까요?

A 완벽하게 하려고 계속 시간을 끌면 금방 지치고 꾸준히 할 수 없어요. 마감 시간을 스스로 정해보세요. 예를 들어 지하철을 탔다면 목적지에 도착할 때까지 무조건 발행한다는 마음으로 글을 적어보세요. 완벽하지 않아도 '발행한다'에 의미를 두는 게 중요합니다.

Q 블로그 '공감 하트' 누르기와 '댓글 달기'는 꼭 해야 하나요?

A 블로그 '공감 하트'는 식당에서 밥을 먹고 '잘 먹었습니다'라고 인사하는 것과 비슷해요. 아주 사소하지만, 상대방에겐 큰 힘이 되죠. 내 블로그에 적는 글도 나의 기록이지만 내가 남기는 댓글도 사람들에게 기억될 수 있는 좋은 방법입니다. '공감 하트' 누르기와 '댓글 달기'를 적극 이용해서 많은 사람과 소통해보세요.

Q 제 별명은 '작심 삼분'입니다. 이런 제가 블로그를 꾸준히 할 수 있는 방법이 없을까요?

A 할 수밖에 없는 상황을 만들거나, 이미 만들어진 상황에 들어가세요. 많은 블로거가 진행하고 있는 1일 1포스팅에 참여하는 것도 좋습니다. 거창한 게 아니어도 1일 1포스팅을 통해 습관을 만드는 게 중요해요.

Q 블로그 해서 얻는 게 뭔가요?

A 부동산에 관심 있다면 부동산을 잘 아는 블로그와 인맥을 만들 수 있습니다. 인맥이라는 게 꼭 얼굴을 보고 밥을 먹어야 하는 게 아니에요. 나한테 도움을 주는 사람이 황금 인맥이나 다름없죠. 만약 내가 원하는 모습이 있다면 그 방향으로 꾸준히 글을 써보세요. 그러면 내가 닮고 싶고, 원하는 인맥도 끌어당길 수 있습니다.

Q 블로그 메인 노출은 뭐고, 상위노출은 뭔가요? 이걸 하면 뭐가 좋은 거죠?

A 블로그가 검색 엔진 메인에 노출되면 노출 당일 방문자가 기하급수적으로 늘어나고 이웃 신청도 많아집니다. 결국 내 블로그 성장에 질적, 양적으로 큰 도움이 되죠. 매일 혼자 쓰고 읽던 글이 어느 날 신문 지면에 실리게 되는 것과 비슷해요.

상위 노출은 수백~수천만 개의 블로그 중에서 내가 작성한 포스팅이 해당 키워드 중에 상단에 노출되는 것을 말합니다. 상위노출이 되는 경우, 블로그 방문자 유입이 많아져요.

Q 블로그 메인에 글을 노출하려면 비용이 드나요?

A 블로그 메인에 선정되는 글은 네이버에서 정합니다. 정성껏 쓴 글을 응모하면 네이버에서 선택하는 방식도 있고, 네이버 관계자가 직접 블로그에 들어와 포스팅을 보고 선정하는 경우도 있어요. 선정된 글은 별도의 비용 없이 검색엔진 메인에 노출되죠. 블로그 메

인은 공영방송이라 생각하면 돼요. 특정 브랜드, 특정 인물 등의 사진은 될 수 있는 한 넣지 않는 게 좋습니다.

Q 상위노출은 어떻게 하나요?

A 블로그 상위 노출은 '제목이 전부'라고 할 정도로 타이틀이 중요해요. 원하는(전달하려는) 키워드를 제목에 정확하게 녹이면 됩니다. 본문 내용도 제목과 동일하게 다뤄주세요. 해시태그도 마찬가지예요. 키워드를 먼저 정하고 해시태그를 쓰면 훨씬 쉽습니다.

Q 프로젝트를 진행할 때 유의할 점은 뭐가 있을까요?

A 이웃 수가 많으면 프로젝트에 참여할 사람도 많을 거로 생각하는데 전혀 아니에요. 나와 결이 맞는 이웃이 참여해서 끝까지 함께 가는 게 중요합니다. 이런 사람을 얻기 위해선 블로그 자기 소개 글을 명확히 쓸 필요가 있어요. 예를 들어 여행을 주로 다니고 그런 사람들을 만나고 싶다면 여행 관련 글로 자신을 소개하면 되겠죠.

Q 블로그를 좀 더 배우고 싶어요

A 저자와 이웃해보세요.

- 김은아(쪼매난 새댁) 저자는 엄마표 육아(영어, 놀이)의 달인입니다. 아이와 '집콕'할 때 어떻게 놀아야 할지 막막하다면 방문해보세요!

- 권세나(차차약사) 저자는 30대에 다시 약대에 들어간 만학도입니다. 나이나 상황에 굴복하지 않고 도전하고 싶은 분들은 방문해보세요.
- 박혜정(독기언니) 저자는 재테크에 관심이 많고 부동산 정보를 다 꿰고 있는 공인중개사예요.
- 양상미(하영담아) 저자는 제주에서 감귤 농사를 지으며 농촌과 도시를 연결하고 있어요. 제주에 여행 간다면 꼭 들러보세요.
- 정유진(휘유) 저자는 '휘둘리지 않을 자유'를 지향하는 커리어우먼이에요. 재테크와 미니멀라이프에 관심이 많아요.
- 최지혜(스타일컨설턴트 최지혜) 저자는 외면을 통해 내면의 미를 일깨워주는 스타일컨설턴트입니다.
- 함숙희(긍정의 마나) 저자는 가계부 쓰기와 돈 모으기의 달인입니다. 블로그로 경제적 자유를 원하신다면 그녀와 이웃해보세요.